余物語

アマリモノガタリ

西尾維新

NISIOISIN

第四話　余接・夥伴

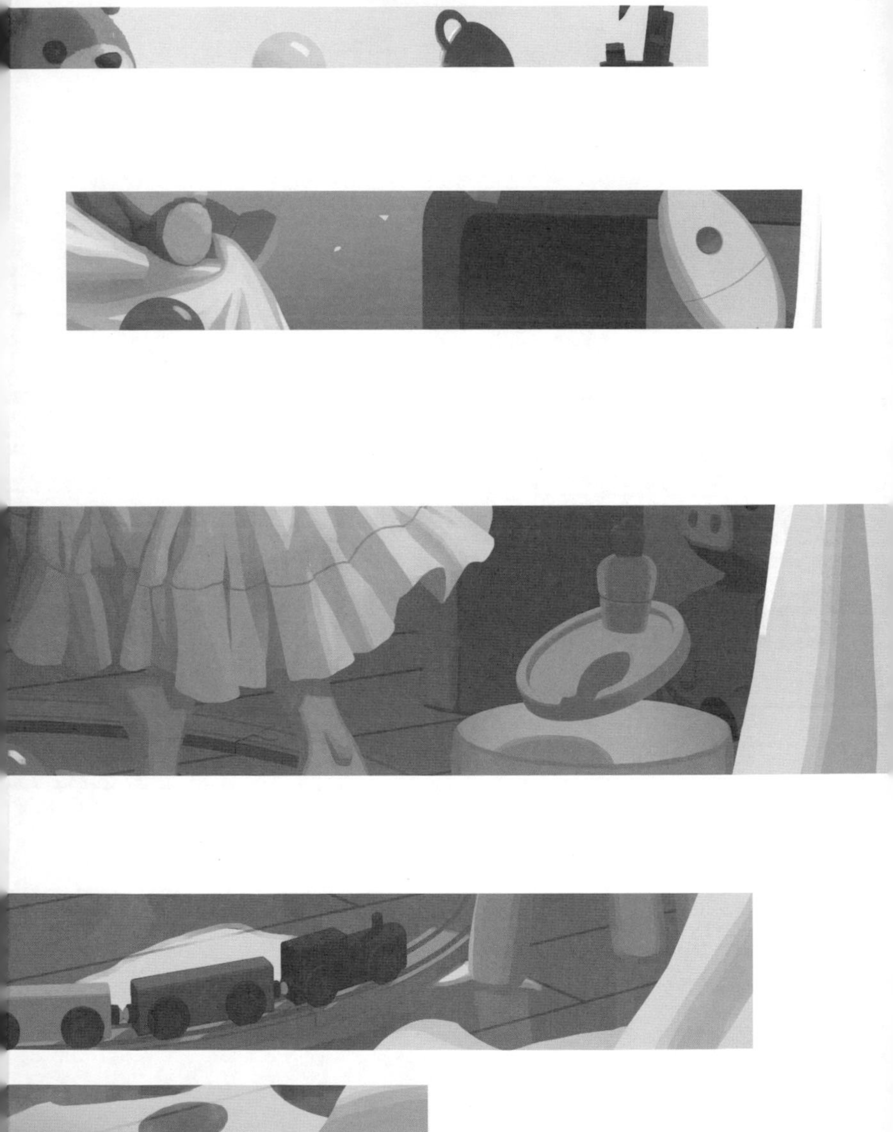

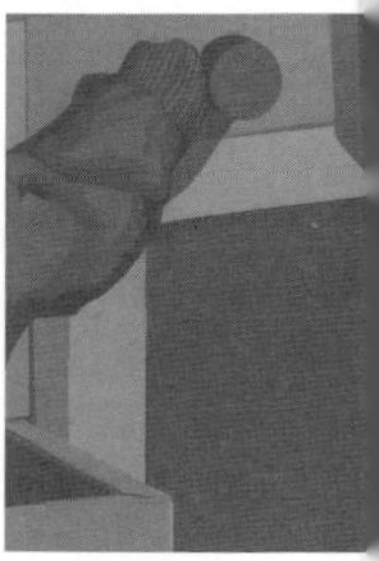

第五話 余接・陰影

BOOK&BOX DESIGN
VEIA

ILLUSTRATION
VOFAN

第四話 余接・夥伴

ONO NOKIYOTS UGI

001

回想起來，我和斧乃木余接也來往好久了。第一次見到那具可愛的屍體人偶時，我完全沒想到彼此會成為這麼複雜的關係……雖然用到「關係」這個詞，但若問我和那個付喪神的關係性要如何形容最為貼切，至少在我的語彙裡找不到。

朋友？敵人？監視者與被監視者？

加害者？受害者？第三者？理解者？

夥伴？同居人？利害關係人？

反方證人？辯護律師？劊子手？

每種說法都顯然一點都沒錯，實際上，我也真的像這樣提及彼此的關係，然而在說出口的瞬間，似乎又偏移到完全錯誤的方向。

面無表情，語無情感。

完全不知道在想什麼。

她的想法，她的感受，她的所作所為，都極度無法理解。

戰場原黑儀是戀人。

羽川翼是恩人，八九寺真宵是友人。

神原駿河是學妹，千石撫子是舊識。

老倉育是兒時玩伴，食飼命日子是好友。

忍野忍是搭檔，忍野扇是分身。

阿良良木火憐是家人，阿良良木月火也是家人。

那麼，斧乃木余接是什麼？

我和她之間有什麼？

話是這麼說，不過像這樣刻意苦思，才正是浪費時間的行為……也可以說是拖延時間的行為。即使我曾經在短短兩週左右處於不老不死的狀態，為什麼我非得為自己和斧乃木余接的關係取一個貼切的名字？名字這種東西是為了識別，為了易於稱呼而取的。

前吸血鬼與式神喪屍這種關係，在其他任何地方都不存在，既然如此，我和她的關係稱為「我們」就好。

直到這段長時間的來往，成為長時間的離別。

002

「我在虐待自己滿三歲的女兒。無論如何都無法覺得她可愛，沒能好好養育她。

求求你，阿良良木同學，可以救救我嗎？」

家住副教授像這樣找我商量這件事的時候，無須隱瞞，我的率直感想是「想求救的是我」……至少無法給她「人只能自己救自己」這個做作的回答。

曲直瀨大學的校舍內。

負責瑞士德語課的家住副教授以電子郵件叫我去她研究室的時候，我滿腦子以為是關於前幾天期考成績的嚴厲指導。坦白說，大學生活第一個快樂暑假將近，我還以為會收到補考之類的通知。因為我不是一個成材的學生。

從以前就不擅長當個學徒。

不具備學習功能。

想說這次一定要和女友戰場原黑儀去吃螃蟹而計畫的北海道旅行，依照狀況或許會悽慘告吹。我抱著相當程度的決心，繃緊神經，戰戰兢兢踏入細想才發現是入學至今首度造訪的研究室……唔～～原本以為就像是高中時代被叫去教職員室那樣，不過真要說的話，這裡比較像是進路指導室。我在高中時代是被老師叫去報到的專家，對於這部分的微妙差異瞭如指掌。

人稱報到專家的阿良良木。

反過來說，報到專家阿良良木精通的是高中的教職員室、進路指導室，或是本應不存在的神祕教室或女更衣室……絕對不是虐待兒童這種事。

為求謹慎聲明一下，我說「女更衣室」是在開玩笑。

真要說的話，如果這件事是真的，那麼這種諮商內容應該正如其名去找兒童諮商所。為什麼家住副教授要找上只是一介學生的我，找上可以說是零介學生的我坦承這種祕密？即使成為大學生，阿良良木同學我在心理層面明明還是可以稱為兒童……我是不是也應該坦承自己和女友玩嬰兒遊戲玩得很快樂？

為求謹慎聲明一下，我說「嬰兒遊戲」不是在開玩笑。

「啊啊……」

我不知所措的這時候，家住副教授貼心補充說明。

「剛才的形容方式太強烈了。我實在不擅長拿捏這方面的日語語感……我重說一次。我卻無論如何都無法覺得自己滿三歲的女兒可愛，差點就虐待她了。救救我，阿良良木同學。」

她這麼說。

就算聽她這麼說……

依照選課時參考的指引手冊，家住副教授的全名是家住羽衣，個人資料說明她在瑞士出生，在瑞士長大。老實說，我是配合在大學認識的新朋友食飼命日子才選修這門課，所以蒙昧無知的我在上這門課的時候才首度得知，原來在瑞士是同時使用四種語言。

四種？真的假的？

說來當然，日語沒有列入其中之一……對於以結婚為契機搬到日本的家住副教授來說，日語始終是外語。

總之，她重說之後的語感變了……我的感想卻沒變。

感覺與想法都屹立不搖。

想求救的是我。

不，當然不是「我想在暑假和女友出遊，所以請給我學分」這種意思。

三歲女兒……？

我甚至第一次知道她有女兒。

老實說，看起來完全不像。我對她只有「學識淵博的年輕大學老師」這個印象。特別要說的話，她的名字有「羽」這個字，所以肯定是好人吧，我頂多就只是心不在焉這麼胡思亂想（我也該適可而止了），沒想過她已為人母。

母親……

哎，這應該是我的偏見。「很有母親的樣子」甚至是「母性」什麼的，是強加於人的刻板印象……想想我自己的母親吧。不過我在高中時代，有相當多的機會接觸到性格馬虎，自甘墮落，沒能完全長大成人的大人。依照這些經驗來說，家住副教授就我看來是「中規中矩的人」。

叫我過來的電子郵件寫得很得體，還會端咖啡招待學生……至少看起來不像是會虐待親女兒的人。

所謂的「人不可貌相」嗎？

在家裡會施暴的丈夫，對外是受人稱讚的好爸爸，這種事我聽得太多了，真的多到厭煩的程度……

「說明得更詳細一點比較好嗎？應該要鉅細靡遺分析入微嗎？聽說阿良良木同學是專家，我以為光是這樣你就懂了……因為我也不想主動說這種事。」

「專……專家？」

我嚇了一跳。

這個名詞真的符合我現在想到的那個性格馬虎、自甘墮落，沒能完全長大成人的大人……雖然絕對不算積極，但我高中時代曾經協助他們與她們的工作。

不對，不是過去式，我成為大學生的現在也會協助。難道這件事被發現了？那麼這可不是我樂見的結果……我就像這樣慌了一下，不過家住副教授說的「專家」好像不是這種意思。

換句話說，我應該更加慌張才對。

「阿良良木同學是虐待兒童的專家……我先前是聽老倉同學這麼說的，應該沒錯吧？」

003

我讓金髮蘿莉奴隸住在自己影子的事被發現了嗎？我動不動就會打從心底害怕這一點，然而不是這樣……看來家住副教授是從我心愛的兒時玩伴，從我最喜歡的可愛老倉育口中得知我高中時代的課外活動。

不過在這個時間點，就已經錯誤到可以玩除錯遊戲了……

現在是輕度絕交狀態，所以最近完全沒見到那個凶惡女孩，不過老倉似乎在其他課程和家住副教授有交集……不知道是瑞士義語、瑞士德語還是羅曼什語。那傢伙對於以蘿莉奴隸為首的怪異一無所知，所以我以為她只是以相當扭曲又明顯大幅和事實相反的形式，一如往常像是和見過的所有人悉數做過的那樣，向家住副教授說我的壞話，不過我因而終於稍微沒那麼納悶了。始終只有一點點就是了……

「虐待兒童的專家」。

被冠上這種稱號絕對不是出於我的本意，但我確實從以前就經常見證這種現場……尤其在高中三年級那時候，不得不說是接踵而至。

成為人球到處被棄養的羽川翼；和母親交惡而產生戀父情結的戰場原黑儀；瞞著父親去見離婚的母親，在途中永遠迷路的八九寺真宵；至今持續追尋已故母親的「遺產」並且持續敗北的神原駿河；被捧在手心備受疼愛的千石撫子。以恨我入骨當成人生價值，家住副教授情報來源的老倉育，當然也很難說是在完美的環境健全長大。

除此之外還有各種例子。

太多了。

說出這種話的我自己，也並非總是和父母維持良好交情，某段時期甚至真的水火不容。

現在我可以放下逞強的一面承認，如果沒有那兩個妹妹，我可能不等高中畢業就離家出走……我這種不良兒子如今卻是住在家裡的大學生，世間真的是複雜又奇怪。

言歸正傳，基於這層意義，將我形容為虐待兒童的專家確實算是正中紅心，感覺深深射中我的痛處。但我基於這個立場更要指摘，家住副教授找我商量這件事還是找錯人了。

或許我至今確實見證許多虐待兒童的現場，卻沒有快刀斬亂麻將這些事件全部解決，只會愈幫愈忙，反倒沒有任何成功解決的例子。

不是怪傑Zorro，是解決Zero。（註1）

註1　日文「怪傑」與「解決」音同。怪傑Zorro中譯「蒙面俠蘇洛」。

因為各位想想，我居然面不改色就說得出冷到快要零度的冷笑話……我是這種零介學生。說起來，家住副教授的情報來源，也就是我的甜心老倉，她的例子正是我最無法解決的家庭環境。

受不了，那個兒時玩伴真敢這麼做。

居然散播這種子虛烏有，和我相關的都市傳說維生……別對老師說我的壞話好嗎？妳就是這一點令人頭痛……算了，對於甜心的這些不滿，我就在今晚去她住的地方，一邊享用什錦燒一邊向她本人發洩吧。雖然現在是絕交狀態。

現在先處理眼前的副教授。

唔～～這下子麻煩了。

是沒錯啦，退一百步來說，十九歲的我或許經驗還算豐富，不過我自己（現在也一樣）是個孩子，所以至今總是從受虐孩童這一邊涉足悽慘的現場。

先前的紅孔雀事件亦然。

不過，沒想到站在虐待那一邊的家長會找我商量……該怎麼說，其實我一直在某方面避免正視。至今我只把施虐的家長，也就是把加害者當成一種概念。但這和我只能把母親解釋成「媽媽」的想法比起來是五十步笑百步。

不是概念，是人類。也不是怪異。

是活生生的人類。真是不得了。

即使是老倉的例子，即使是黑儀或羽川的例子，或許也始終是要我們差不多該面對「人類虐待人類」這個真相的局面。

我已經知道一件事。

早早學到一件事。

像這樣直接面對父母時，責備的話語或是斷罪的臺詞，會意外地說不出口。「虐待」這個有點強烈的詞會引出泥濘般的負面情感，卻無法好好形容。

身為表演者應該感到可恥。

我一時之間無法應對。雖然也是因為還不知道詳情，不過對別人的家務事插嘴還是很難。以紅孔雀的狀況，當時已經沒有猶豫的餘裕，也沒有選擇的餘地，像這樣反射性地採取行動，結果勉強來得及挽回——不只是我介入，還加上神明的介入才勉強挽回。

以現實問題來說，對方是大學老師，我是上她三個月課程的學生，所以也有這層階級關係吧……記得叫做「正常化偏誤」，我無法否定自己擅自認為她「可能有某種進退兩難的隱情」或是「可能只是說得比較誇張又自虐吧」，試著藉以維持平常心。

髮型與服裝，甚至研究室裡也很清潔，看起來確實不是這麼壞的人……看她理性的舉止實在不像是世紀大壞蛋。還是說單純因為我即使假裝是孩子，也早就成為大人了？高中三年級那時候的我，聽到「虐待三歲女兒」這段話的時間點，是不是就會踹開桌子走人？

三歲女兒嗎……

我忽然自省。

我真的是從高中三年級以前就有個壞習慣，那就是只看自己眼前的事物，無論是現實還是虛幻都一樣（這習慣壞透了）。我不能只思考面前這位大學老師的事，也得考慮到那名「三歲女兒」的事。

如同虐待的父母不是概念，受虐的女兒也不是概念，是確實存在的個體。

專家——怪異專家的其中一人打著「人只能自己救自己」這句口號，但是如果應該拯救的對象有兩人，應該要怎麼套用？

「阿良良木同學，那件事……你是怎麼想的？」

「……？哪件事？」

像是要填補室內出現的這一小段（或許不只一小段）尷尬的沉默，家住副教授提出一個籠統的問題，我聽完之後反問。

「受到虐待的孩子，會成為虐待自己孩子的父母，這種說法你怎麼想？」

她補充這麼說。

啊啊……原來是「那件事」。

「哎，我也不算是在幸福的家庭長大，老實說，我在某方面也是為了逃離家人才結婚來到日本……所以像這樣受到批判也很難立刻否定，不過，我可不希望有人說我唯一的特色是少女時代不幸福……想到自己的人生還受到那對父母的影響，我就覺得不舒服……內心煩悶得亂七八糟……另一方面，我對自己的任性感到疲憊的時候也想依賴這種理論，這是因為我幼稚地把自己的不長進全部怪罪給父母嗎？」

這個問題好難。

我當然也聽過這個說法本身……現在回想起來，因為父親施暴而被貓迷惑的那位班長，明明是那麼正經又有良心的人權派卻依然肯定體罰，真是耐人尋味。

仔細想想，我只因為名字有「羽」這個字，就斷定家住羽衣副教授一定是好人，不過毆打羽川的父母當然也姓「羽川」吧……

說實話，我很想斷然回以「也有很多父母即使童年受到虐待，長大之後並不會虐待自己孩子」這個大道理，但是我並沒有實際見過這種人，沒有直接聽過這種人的心路歷程……在當事人就在眼前的這個狀況，我拿出「偉人」的概念當範例並不公平。

因為，「明明有人做得好，你為什麼做不好？」這種問題，簡直是我當年聽到就想死的話語。

「總之……和自己父母關係正常的父母，育兒的時候應該也會得到相應的協助，所以比起得不到協助的父母，單純享有比較多的優勢吧？」

「不愧是專家。」

我逼不得已擠出像是牽強附會的這個回答，家住副教授卻出言同意。

不對，就說我不是專家了，只是恰到好處的一知半解。

「孩子照顧起來很棘手，但是人手不足……尤其我現在分居中。」

「分居中……？」

「和老公處得不太好……算是不相往來了。真要說的話，這也是我無法疼愛孩子的原因就是了。」

俗話說孩子是夫妻的連心鎖，但也可能相反嗎？哎，應該有這種狀況吧……只不過，「分居中」這個關鍵詞產生兩個疑問。

第一是國籍的問題。

經過詢問，在瑞士出生，擁有瑞士國籍的家住副教授，好像是因為和日本國籍的日本人結婚而獲得居留資格……如果將來她和分居中的老公正式離婚，這方面會變得如何？

離婚之後依然可以保有居留資格嗎……關於離婚時的姓氏，我聽說如果想保留就可以保留下去。

不對，光是聽到「分居中」這三個字就立刻連結到離婚，是因為我的大腦依然幼稚。夫妻分居可能基於各種原因……例如單身赴任也是一種分居吧？為了維持關係，有時候保持距離也是必要的，像是現正絕交中的我與老倉。不過，就像是頂樓加蓋那樣以假設堆疊假設，如果家住副教授離婚……不提國籍或是居留資格的問題，要是她必須回去瑞士，也可能演變成要和斷絕關係的父母重逢嗎？

家住副教授該不會是為此找我商量吧……這肯定只是不當的誤解。居然是因為不想見到父母，所以試著解決自己的虐待問題避免離婚……我希望動機至少要包括她擔心自己的三歲女兒。

不，總之這沒關係。這部分沒關係。

罪犯希望自己犯下更嚴重的案件之前有人阻止。無須解讀社會派推理小說，這是一種普遍的心理，即使是怪盜發出的預告狀，也可以解釋成罹患偷竊癖的患者在向警察求救。

某些行為是應該戒掉，就算想戒也戒不掉。像我也費了不少工夫才戒掉玩弄金髮蘿莉奴隸肋骨的癖好——因為和女友鬧到分手，所以好不容易戒掉。雖然戒掉了，但我並不是想戒而戒，是陷入非戒不可的危急狀況才戒掉。

雖說相同的心理（認為兩者相同也未免太草率了）正在這位大學老師的內心運作，我也沒道理責備這一點吧。

家住副教授和上課時一樣以認真又凜然的表情找我商量事情，所以我在某方面來說猜不透她的內心……但是至少相信她真的是認真向我求救吧。

不過，這是中長期的視角。

另一個疑問，也就是從「分居中」這三個字產生的第二個疑問，屬於更為短期的視角，也可以說這是只看自己眼前事物的我特有的視角，總之不管基於何種隱情，家住副教授現在和老公分居。

那麼在「現在」，在目前的這個時間點，在這一瞬間，家住副教授的「三歲女兒」到底在哪裡做什麼？

既然老公沒在家裡照顧……有找保姆嗎？不，依照剛才的說法，他們應該沒請保姆。

因為有提到沒人協助所以人手不足……那麼是托兒所嗎？半承認虐待行為的家住副教授，真的會辦理據說特別麻煩的手續，將自己孩子送進托兒所嗎？

「就是這個。這就是我具體想拜託的事。『聞一知十』就是這個意思吧。我也實際感覺自己真的是在找專家商量了。介紹阿良良木同學給我的老倉同學眼光果然是對的。」

那傢伙的眼光只有瘋狂可言喔。身為晚輩的我很想告知這件事，不過匹敵騙徒的某種不祥預感令我不得不噤口。

「最近我忙著改考卷，其實這三天左右都沒回家。」

「三……三天左右……」

「所以關在房間籠子裡的那個孩子，我完全猜不到現在變得怎麼樣了……阿良良木同學，我給你鑰匙，可以幫我去看看狀況嗎？」

她拜託的事情與其說具體，不如說是不明就裡。

004

「這樣啊。原來如此。換句話說，簡稱鬼哥的鬼哥哥，你在暑假期間接下副教授的保姆工作，換取期考不及格而失去的學分是吧。」

「並不是這麼輕鬆的企劃，我好歹說明過吧？」

也不是可以出言消遣的企劃。

甚至不是企劃。

話說，斧乃木不知為何在我的自用車，在福斯金龜車的後座優雅躺平，這是當下最大的謎團。

我在曲直瀨大學附近的月租停車場，開車飛奔前往家住副教授告知的自家公寓途中，斧乃木突然像是理所當然般說「不可以超速喔，鬼哥哥」向我搭話。

而且說來奇怪，她身上不是一如往常的燈籠長裙，是凸顯身體曲線的長版連身裙，居然打扮得這麼高調……我的車上沒有衣著規範啊？

「是鬼哥哥的妹妹強行換上的。那傢伙把我當成換裝娃娃之類的東西。看她那樣不知道接下來要讓我穿什麼衣服，所以我昨晚就像是緊急避難，狼狽逃進這輛車度過一晚。」

「別把我的車子當成緊急避難所好嗎？」

「這是父母買給你的車吧？真是嬌生慣養。」

斧乃木照例面無表情平淡說完翻了個身。她現在是背對駕駛座的姿勢，但我透過後照鏡確認，這件連身裙後背鏤空到可以清楚看見肩胛骨。

我的（小隻的那個）妹妹竟然讓女童人偶穿這種衣服。不准增加斧乃木的裸露度好嗎？

露出的肉都是屍肉耶？

總之，斧乃木好像在我從自家出發前往大學的時候，就已經躺在後座。她是人偶，而且是屍體人偶，所以消除氣息的能力一流。

後來她整天都在車上度過……現在是這種季節，如果是活人就中暑了。斧乃木有心的話應該可以用那招必殺技自己回家，但她看來選擇睡懶覺。

偶爾也有這種日子吧。

要我說的話，即使是我這個親哥哥，要是一直和月火待在同一個房間，肯定遲早也會冒出這種心情。

但是反過來說，斧乃木住進阿良良木家也很久了，已經熟悉到上車離家出走的程度嗎？

雖然不是沉浸在這種心情的狀況，但我感觸良多。

「嬌生慣養嗎……總之，不提是否嬌生慣養，但我備受老天的眷顧。」

「說得也是。畢竟你的人生是死過好幾次，還下過地獄的這種程度。」

斧乃木頻頻扭動翻身，大概是在行駛中的車上摸索最佳姿勢吧。搭配那身新衣服，看起來像是被沖上陸地的魚。

明明是屍體卻活跳跳的。

「至少我沒被虐待。」

「說得也是。畢竟沒有父母不愛自己的孩子吧。」

斧乃木語無情感面無表情，比家住副教授更難猜測真正的想法，不過她終究不是認真說出這句話吧。

正確來說是「也有父母不愛自己的孩子」。雖然在說出口的時間點已經不正確，但無論是以毫無情感的語氣還是任何語氣，「沒有父母不愛自己的孩子」這句話太殘酷了。

對於沒被愛的孩子是如此，對於沒愛孩子的父母也是如此。

「總之，鬼哥哥昔日從戰場原黑儀那裡承受的各種謾罵與暴力，我覺得已經可以稱為約會ＤＶ了……不過這或許也是那個掛名女主角昔日受到『媽媽』負面影響的渣滓吧，我想到這裡就好笑。」

「笑什麼笑！」

妳一輩子都面無表情吧。

我看過《續終物語》的動畫版了……原來妳在內心是用那種討人厭的表情對我說話嗎？

「雖然鬼哥哥是當成笑話處理，不過神原駿河臥室的散亂程度，根本是她內心的黑暗面吧？難怪會和忍野扇聯手。搞不懂臥煙遠江到底是怎麼養育這個獨生女。」

「我想應該沒虐待，不過依照我在鏡中世界見到她的感覺，她應該不太擅長養育孩子……」

「不過也要看虐待是怎麼定義的吧。」

「定義論嗎？我聽都不想聽。」

「像是撫公的父母，要是被罵『你們的做法是虐待』，應該會大感意外吧。大概會大聲主張自己只是全力以愛情灌溉掌上明珠。女兒成為家裡蹲的現在，他們終於會踹女兒的屁股，叫她不上高中的話就出去工作，不過這種行為真要說的話也是虐待吧？因為他們想將十五歲的女生趕出家門。」

唔……

話說，原來千石家現在發生這種事啊……妹妹們這個朋友和我絕交的方式，和老倉「老毛病又犯」的那種絕交截然不同，即使我已經沒有擔心她的資格，我還是擔心得不得了。

「擔心不需要資格吧？好啦，我們現在就去撫公家吧。」

「不准試著擾亂我的人際關係。也不准叫她撫公。」

「我才要說，鬼哥哥別插嘴管我和撫公的關係。找死嗎？」

「我可不想找死。為什麼要說得這麼嚴重……我現在要去的是家住副教授的家。某間公寓的333號室。剛才有好好聽我說明嗎？」

話是這麼說，但即使是像這樣發牢騷，我也很感謝有人陪我拌嘴……不然我可能會因為恐慌而真的超速出車禍。即使沒這麼嚴重，也會被警察先生攔下，結果更晚抵達目的地。

「光是有一個毫無親戚關係的女童坐在後座，就完全是被警察先生攔下的案件了……不然我打開車窗大喊『救命啊～～！』試試看吧？」

「在這時候變成小惡魔角色嗎？別改變角色設定好嗎？」

「角色設定不固定就是我的角色設定喔，難道你忘了嗎？不過，主動去警局報到並且向警察先生說明實情，也是一種做法吧？」

「為……為什麼？我完全沒做虧心事啊？就算想把妳的肩胛骨當成羽翼拆下來，也是我內心的自由吧？」

「電視都不能播的殘忍殺人魔才會這麼想吧？居然說要當成羽翼拆下來，總覺得混入妳對貓姊姊的黑暗情感……我不是那個意思，雖然一樣有『羽』，不過我說的是『羽衣』。不是鬼哥的案件，是副教授的案件。」

「我沒什麼案件就是了。嗯？妳說什麼？」

「把女兒監禁在家裡，然後三天不回家，這完全是應該報警的事件吧？你卻就這麼依照副教授的吩咐，認真開車去確認現在的狀況。我在上次小隻骨感妹的事件也罵過，不過鬼哥哥，你也差不多該學會把事情交給警察了。我理解你的心情，但是警察不是你的敵人啊？」

「妳是對什麼心情表達理解之意？我並沒有敵視警察，不准真的把我當成罪犯。沒有啦，關於除此之外的部分，斧乃木小妹，妳說的很中肯，而且我實際上也差點這麼做。」

「真的嗎？不是因為不想被我殺掉才說謊嗎？」

「沒說謊……妳為什麼老是動不動就想殺我？」

「說明你差點報警卻沒這麼做的理由吧。不然這輛愛車會連同鬼哥一起報廢喔。」

斧乃木就這麼躺在後座沒起身，說出這麼恐怖的事……變成廢鐵還得了？不過她真的是很適合的商量對象。

因為她是專家。不是虐待兒童的專家，是另一種專家……

「在對話過程中，家住副教授說了一件令我在意的事。如果不是這樣，我也早就報警了，而且會順便不顧自己的年紀，不遵守禮儀臭罵這位長輩一頓。因為現在有手機這種便利的工具。」

「你說的『便利』，是比我還便利的意思嗎？」

「就算妳是使用百年屍體製成的付喪神，也不要對手機展現身為工具的競爭心態好嗎？」

「繼續原本的話題之前，先說清楚哪邊才是好用的工具吧。是屍體人偶？還是手機？是哪一邊？」

「為什麼是二選一……是屍體人偶啦。」

「很好。今天就放你一馬吧。你運氣真好，不用死了。所以你在意的事情是什麼？」

「應該說是奇怪的事情吧……聽家住副教授詳細說明之後，我發現她好像不是從一開始就不認為女兒可愛。反倒認為老天賜給她世界第一可愛的寶貝女兒，卻在某天突然再也不認為可愛了。」

再也不認為是自己的女兒了。

「簡直像是被替換成另一個孩子……家住副教授是這麼說的。我說斧乃木小妹，斧乃木余接小妹，妳不覺得好像在某處聽過這種怪異奇譚嗎？」

在某處。

在身邊的某處。

「那個女生……」

斧乃木稍微沉默之後發問。「那個女生叫做什麼名字？」

看來專家的天線在某處明顯出現反應了。

我如此心想，說出副教授告訴我的名字。

「家住唯唯惠。」（註2）

懷抱著「想要養育一個勇於對無法接受的現實回嘴說『不』的孩子」這個願望所取的這個名字，至少確實是人名。

註2　日文「唯唯惠」發音同「不」。

005

在某處聽過的怪異奇譚。不是在其他的某處，是在阿良良木家聽過的怪異奇譚。細節當然不同，進一步來說是完全不同，要找出共通點還比較難，即使如此也隱約相似。

我的妹妹。斧乃木余接現在的擁有者。

阿良良木月火的例子酷似這個狀況。

「啊～～啊～～啊～～確實有這種初期設定耶。阿良良木月火的事情，我現在想起來了。至今完全忘了這件事。」

「不准裝傻。妳曾經把我家小妹的上半身打得粉身碎骨，我可沒有忘記也沒有原諒啊？」

不是初期設定，是至今也還在的設定。

斧乃木原本就是基於這個怪異奇譚，和主人影縫余弦一起造訪我們的城鎮。想到這段初遇，就覺得這樣一起開車外出的現在難以置信，應該說簡直是奇蹟。

沒有上演命中註定般的和解，單純是拖拖拉拉又順其自然建立起合作關係，斧乃木至今依然想找機會殺我……畢竟她宣稱借住，實際上是負責監視我與忍。

哎，回想起來，我和忍的和解也是這種感覺。我斜眼看向副駕駛座現在沒人坐的兒童座椅。

總之，來說阿良良木月火。

她的真實身分是不死鳥——是寄宿在胎內生命的杜鵑，毫不突兀融入人類社會的不死怪異……正因如此，所以引起影縫余弦與斧乃木余接的注意。

視為必須除去的惡。

我的小隻妹是巨惡。

「以小月的狀況，該說完全融入家庭嗎……因為是和胎兒同化的那種杜鵑，所以我十四年來不抱任何疑問和她相處，但也有怪異不屬於『這一類』吧？」

「死出之鳥與其說是『同化』，形容成『霸占』比較正確……總之，這方面的解釋就交給鬼哥哥吧。如您所願。」

斧乃木自己似乎也不想在這時候重提當時的糾紛，就這麼躺著聳肩。這時候的她剛好背對我（後照鏡），所以肩胛骨的動作相當挑逗。

「明明是肩胛骨卻不健康，我實在不以為然。」（註3）

「吵死了。」

斧乃木以死板語氣粗魯吐槽。

註3　日文「肩胛」與「健康」音同。

「不過……真是敏感。」

「妳說肩胛骨？」

「肩胛骨的話題只有鬼哥哥會說。」

「抱歉抱歉，這是我的鎖骨，更正，是我的疏忽。所以我哪裡敏感？」（註4）

「從副教授脫口而出的一句話就想到『換子』這個可能性，我稱讚你在這方面很敏感，開始覺得不殺你也沒關係了。你撿回一條命了。」

「…………」

原本以為是付喪神，難道纏著我的是死神嗎？

還有，居然說「換子」？

應該有更帥氣的正式名稱吧？

「總之，這就意味著鬼哥哥多麼在乎阿良良木月火吧。去年暑假擱置的那個問題，你沒忘記也沒原諒嗎？」

「並不是……這麼回事。」

是這麼回事嗎？

如同要補償昔日逃離羽川翼家庭問題的那段往事，我深入參與紅孔雀小妹的事

註4　日文「鎖骨」與「疏忽」音同。

件。在記憶猶新的現在，我又想用唯唯惠來補償月火那段往事嗎？所以我才沒有聯絡警察，像這樣不顧一切獨自開車前往……

「不，如果是這樣，那我認為這是正確的判斷。我在說正經的話題。模仿鬼哥哥的說法，大概像是大腿骨那麼正經的話題。」

「我還沒說過大腿骨。這是我特別珍藏的話題。」

「是特別正經的話題喔。你這樣才真的是牽強附會，大約有一百億人認為你是在庇護那個給你學分值得尊敬的副教授，才會產生這種正常化偏誤吧。」

「依照妳的計算，連火星人都包括在內了。我看起來正經到不惜為了學分做出這種事嗎？」

「畢竟鬼哥哥也曾經是姬絲秀忒・雅賽蘿拉莉昂・刃下心的眷屬。你的直覺即使比不上鐵血、熱血、冷血之吸血鬼，我想應該也有低血、溫血、紙皿之吸血鬼的程度吧。」

「低血、溫血、紙皿之吸血鬼是怎樣？而且最後怎麼變成『皿』了？」

「既然昔日不是怪異之王而是怪異之奴隸的鬼哥哥都起疑了，就應該確實調查才對。總不能讓恩師背負『虐童家長』的冤罪吧。」

斧乃木如此總結。

家住副教授沒有照顧我到堪稱恩師的程度就是了……今天是我第一次好好和她

說話，就算我順利達成這個任務，當然也不表示我能藉此獲得學分。

「按照常理，鬼哥只會在造訪的恩師公寓成為幼童乾屍的第一發現者，不過這也是人生經驗吧。」

「這種心理創傷會比之前下地獄的時候還嚴重。」

「會演變成鬼哥哥抱著屍體人偶前去發現屍體嗎？我好期待。如果鬼哥哥終於開始將魔爪伸向三歲女童，我會在一旁溫暖守護的。」

「立刻殺了我。到時候真的應該這麼做。」

「既然是這麼一回事，那我會幫你這個忙。送佛送到西，我也一起去吧。」

明明口出惡言，卻若無其事表態協助……這部分算是身為道具的矜持吧。

要是太隨便和斧乃木走得很近，小扇她們大概又會說三道四挖苦我，但是反過來說，那我到底應該以何種方式和斧乃木「正式」和解呢……沒有法律規定受害者必須一輩子憎恨加害者吧。

同樣的，受到虐待的孩子，也不必永遠背負著被施虐父母束縛的宿命……無止盡憎恨某人也會消耗能量。

「不過以前好像有這種法律。姊姊曾經告訴過我，關於殺敵報仇的法令……我想想，父母被殺的子女，在殺掉仇人之前不能回到家鄉，大概是這種規定。」

「真是亂七八糟的法律……影縫小姐應該會喜歡就是了。不，可是當時會把這種事視為理所當然吧。這麼一來，我們現在視為理所當然的法律，在未來看起來或許也是亂七八糟不講理的規定。」

「很難說。當時思考這種事的人，應該也有人認為這是亂七八糟不講理的規定吧？所以才會慢慢逐步修正。體制並不是並不是湊巧演變成現在的體制……是昔日被欺壓的人們不斷努力才推翻的。」

家族制度也是這樣。斧乃木說。

她在這方面似乎有自己獨到的主張。

總之我沒詳細聽她說過，而且聽完內心肯定不舒服，不過斧乃木畢竟被當成「道具」使用了一百年，是擁有這種經歷的屍體人偶。

「言歸正傳，假設副教授確實是因為發生『換子』的現象，所以不再覺得自己的孩子可愛，那麼即使有虐待的事實也會罪減一等吧。即使不能說她完全是被冤枉的。既然不是親生孩子，就沒有扶養義務。」

「就算這樣也不能虐待就是了。」

雖然含糊形容為「差點虐待」，不過關進籠子三天扔著不管，明顯不是未遂……是實際下手了。

這種程度別說未遂，被判斷是間接故意的蓄意殺人也不奇怪。

不過，如果原因在於怪異現象……

「『神隱』好像有一種變化形？小孩子突然失蹤，到處尋找一段時間之後，變成完全不同的人回來，類似這種的……」

「『換子』有各種形式，所以不能一概而論，不過有一種說法認為孩子在七歲之前都屬於神明所有，神明基於需求而替換或是掉包也在所難免。只不過，不需要拿這種古老的怪異奇譚當例子，養育別人家孩子的母親，在自然界就看得到喔。」

看來她不是在說月火。而且月火的狀況是怪異奇譚。

現實世界的杜鵑或郭公等鳥類的托卵就是易懂的代表性例子……

反過來說，在昆蟲界也有像是武士蟻那樣，從其他蟻窩抓螞蟻回來當成奴隸養大的生態。

「人類界也有吧？隨便都找得到。」

斧乃木把話說得好重。

女童外表的她說這種話會令人吃不消。要是害我開車失誤怎麼辦？

「鬼哥哥，不要想歪了。我說的是領養制度。」

「妳沒這麼說吧？這種逃避方式太奸詐了。」

「不過，如果要說敏感，如果立刻就察覺『換子』這件事，那麼副教授的直覺也算是很了不起。畢竟像是鬼哥哥家那樣，不知不覺就養育妖怪長大的例子也很多……」

「我無話可說。」

以阿良良木家的狀況，或許也因為父母不抗拒接納別人家的孩子住進家裡吧……老倉育也是其中一人。

嗯……

這麼看會覺得我父母是博愛主義（幼童時期的我或許會感到不滿），但如果家住副教授早就察覺自己的孩子被替換，那麼……

「這就是所謂的母愛吧。老實說，這個詞我不太懂。」

「央求媽媽買車的鬼哥哥居然說這種話。還是說你央求的對象是爸爸？」

「都有。我當時盤算如果一切順利，他們會買兩輛車給我。」

「看來鬼哥哥被替換比較好。至少大腦要換掉。不准妄想有第二輛車……這麼說來，雖然不是要和你較量，不過副教授這件事，有一點令我在意。」

「嗯？」

「先不管隱情，她現在和老公分居吧？應該是以不太圓滿的形式。」

嗯。

雖然沒有好好確認，但我認為沒錯。假設分居的原因是母親不再覺得唯唯惠可愛……

「這就是重點。老公——『父親』是怎麼想的？同樣不再覺得可愛……不當成自己的孩子嗎？換句話說，副教授不覺得自己的孩子可愛之後，為什麼沒扔給老公而是由自己養育？」

這是犀利的疑問。

關於丈夫那邊的見解，我應該在那時候想到並且發問才對……我果然至今依然只會看眼前的事物。

必須再多多考量第三方的意見，否則應該無法加入第三方委員會吧……

「扔給別人」這種說法不太好，不過既然判斷自己在情感上與能力上都無法養育幼兒，肯定可以託付給分居的另一方。實際上，夫妻之間並不是沒有溝通過吧——孩子是連心鎖。

「大概也是基於世間的原則吧。在日本協議離婚的時候，孩子大多是由母親撫養吧？」

如果是戰場原家那樣，母親行為明顯有偏差的場合當然另當別論……不過「孩子應該和媽媽一起生活」這個想法依然根深柢固。

「說得也是。這對爸爸或是媽媽來說都不是好事吧。至於因應之道，先把父親節與母親節訂成同一天怎麼樣？」

「我本來想斷然駁回妳這種餿主意，不過或許意外應該從這裡做起……」

「擁有哺乳能力的是母親，嬰兒基於本能當然比較親近媽媽，所以孩子應該由母親養育……也有名嘴鋪陳這種論點喔。」

「如果要進一步鋪陳這個論點，為了基於本能留下不同類型的後代，婚外情不就會被認可了嗎……？」

此外，關於斷奶是怎麼考慮的……這個論點只局限在嬰兒期吧？

「到了十歲左右，終究已經對媽媽的胸部沒興趣了吧？就像我一樣。」

「鬼哥哥，你也太熟練了。」

「而且到了這個時候，兩個妹妹差不多進入發育期了。」

「死出之鳥投胎轉生的這個家真是不得了。」

依照狀況（換句話說，就是我想太多，實際上和怪異毫無關係的狀況）最好聯絡家住副教授的丈夫，請他收容唯唯惠。

假設我這次盡到自己的職責，到頭來也只不過是權宜之計。

若問我在自己匹配不上的直江津高中學習到什麼道理，就是「權宜之計有其極限」。

我在這時候踩煞車。

按照副教授告知的住址。

「到啦，Nice Buddy。這裡就是家住副教授的公寓。」

「嗯，看來剛翻修不久，總之不會看見地獄吧……你說的『Nice Buddy』是好身

材的意思？還是好夥伴的意思？」（註5）

斧乃木這麼說完，終於以霹靂舞的大迴環動作，從她一直躺到抵達目的地的後座彈起來。即使換上緊貼到腳踝的長版連身裙，屍體人偶最大賣點的機動力似乎也完全沒減弱。

「走吧，鬼哥哥。跟著我的肩胛骨走。」

「我很感謝妳願意和我一起走，但是別把主導權都搶走了，Nice Buddy。」

不只是因為受人之託。

主導權與肩胛骨，我都要親手握緊。

006

這麼說來，以前為了救出紅孔雀而四處奔走的期間，我與斧乃木也曾經試著入侵別人家的公寓，當時忍也一起行動，不過今天還很早，白天還很長，怕太陽的吸血鬼幼女「休息一次」。

註5　日文「Body」與「Buddy」同音。

而且上次採用的是我從玄關、斧乃木從陽臺的分進合擊作戰，不過這次屋主確實將鑰匙寄放在我這裡，所以不需要細心擬定策略。

沒這個必要，也沒這個時間。

光明正大出擊吧。正常以最短距離從正面突破。

打開電子鎖，搭電梯前往家住副教授的住處，三樓的333號室。

「……仔細想想，光是讓鬼哥哥這種危險人物見到自己年幼的孩子，就充分滿足虐待的條件吧？」

「我不是那麼危險的人物喔。看看我這張柔和的笑容。」

不過，即使來的人不是我，派一個沒什麼交集的學生到無人看管的自家，精神狀態正常的人應該不太會這樣判斷吧……

這樣下去或許會構成虐待，說不定已經構成虐待……這樣的心理壓力肯定如同一場暴風雨，在看似學識淵博的副教授內心肆虐。不提是否有同情的餘地，確實有考察的餘地。

我沒按對講機，將借用的鑰匙插入鑰匙（門上有兩個鎖）打開門。內側上了門鍊導致門只能開啟十公分的狀況沒發生。

我不認為籠子裡的三歲女孩能扣上門鍊防盜，不過什麼事都可能一個不小心就發生……我的人生至今總是這樣。

一個不小心就活下來或是死掉。

以最壞的狀況來說，只要斧乃木發動「例外較多之規則」，這個世上沒有打不開的門，不過可以的話我不想搞破壞，所以光是順利開門就令我鬆一口氣，而且光是踏入別人家裡一步，我就更加安心。

直覺難得命中了。我這麼想。

我至今命中的都是不祥的預感，直覺幾乎沒有準過，但這次斧乃木所讚賞的直覺正中紅心嗎……不，如果「換子」的現象已經發生，那麼不祥的預感才明顯應該算是「神準」吧。

無論如何，我像是急著下定論般確信「就是這麼回事」……主要的原因在於沒有怪味。

當然，這裡是別人家，加上三天沒通風，所以有股獨特的味道。但是不到怪味的程度，更沒有整間屋內瀰漫難聞惡臭的印象。

這是很重要的事。

小扇曾經嚴厲指摘過……人類因為是生物，所以死了會發臭。理所當然嬌弱又必須保護的三歲兒童，如果被棄置整整三天，不可能只有「別人家」的味道。

無論是生是死。

「就像是在盛夏扔在車上不管的屍體人偶。不過我進行過防腐處理，所以無臭無味。算是我特有的防臭劑吧。」

「居然說防臭劑……這麼說來，斧乃木小妹，妳也把長靴換掉了。我明明很喜歡原本悶熱的那雙……」

雖說得到屋主許可，不過像這樣進入室內還是沒能拭去非法入侵的感覺，不太想被其他住戶看見，所以我迅速關門。我們不是小偷所以要脫鞋，不過斧乃木腳上是配合長版連身裙的涼鞋。

看起來很通風，不會悶熱。真可惜。

「不要染上戀鞋癖。鬼哥是灰姑娘的王子大人嗎？」

「不准說灰姑娘的王子大人有戀鞋癖。」

斧乃木在玄關前面脫下涼鞋。

「這也是阿良良木月火配給的物品。那傢伙面不改色就會破壞別人的特色，像是剪掉撫公的瀏海。」

她說。

「別看她那樣，她意外地喜歡為別人盡心付出喔。」

「真是善解人意的哥哥。了不起。」

斧乃木在我的帶領之下踏入走廊。

我穿著襪子，斧乃木是赤腳，玄關旁邊……沒準備拖鞋。看來這個家的訪客不多。

哎，虐待孩子的家庭應該不會好客到邀請別人到家裡吧……或許就是這樣斷絕人際關係，失去逃離家暴的管道。

「先不提是否虐待，說到家暴，鬼哥哥應該不輸給路邊隨便看到的傢伙。你不是經常和兩個妹妹拳打腳踢嗎？雖然基本上都被打得落花流水，不過肯定牴觸現今的法規吧？」

化為吸血鬼之後，和她們互毆的次數就減少了。我這麼說不算是辯解嗎？我原本以為這樣很普通，每家兄妹都會這麼做，令人眼界狹隘的密室環境真恐怖。

這間密室……看起來是三房兩廳附廚房？

和大學研究室給我的印象一樣，感覺是妥善整理的乾淨住家……而且光是站在走廊就很寬敞。

國立大學副教授的薪水果然不錯……不對，不是這樣。單純是因為這棟公寓適合小家庭吧。既然和分居中的丈夫都有工作，那就不會付不起這裡的房租，所以實際情形是一家三口在這裡生活，後來丈夫離開這裡分居？

而且看起來不像是剛搬走……總之，這種像是夏洛克・福爾摩斯的推理遊戲晚點再玩。

與其在各方面發揮想像力，不如先找到問題所在的籠子……客廳、飯廳、廚房，三個房間。雖然只要依序確認就好，不過正常來想應該是三個房間之一？

神經正常的人，肯定不想把監禁三歲幼童的籠子擺在共用空間裝飾，而是當成「不想看見的東西」完全隔離。

不知道現在的家住副教授神經是否正常……只能相信她保有最底限的理性。

「……嘖。」

雖然勇敢闖進來，但也因為剛才打開玄關大門的時候稍微鬆懈，所以還是會害怕。如果老是像這樣膽顫心驚，我至今歷經再多的驚險場面都沒有意義。

不過，斧乃木口中的「換子」現象，我胡亂猜測的這種正常化偏誤——應該說逃避現實的這種理想期望突然明顯可能成真，使得我內心稍微放鬆，相對的，危機意識也確實慢半拍逐漸高漲。

現在的我面對怪異現象等同於毫無防備。身為怪異奴隸的經歷，如今已經是往事。如果關在籠裡的「換子」是凶暴至極的妖怪，是無從對付的魑魅魍魎該怎麼辦？

雖說只是巧合，不過怪異專家斧乃木願意和我一起過來，這種進展就某方面來說很幸運，令我倚賴……嚴格來說，斧乃木是專門對付不死怪異的專家，換句話說，並不是熟悉「換子」本身。但這真的只是巧合嗎？

不，我終究不認為斧乃木早就察覺一切，預先躲在我的車上……屍體人偶用金龜車代替露營車的理由，始終是要逃離月火避難。

不過……沒錯，是月火。

想到我們這對搭檔的冒險不是單純偶發的事件，是阿良良木月火設計好的結果，我就有點害怕。

月火沒有自覺。

雖然沒自覺。然而那傢伙是我的妹妹，同時也是不死鳥。

「……不管了，走一步算一步吧。」

我筆直穿越走廊，無視客廳，打開最靠近我的門。一旦開始思考哪道門是正確答案，我大概會猶豫很久（三道門，蒙提霍爾問題），所以我想盡快行動……我籤運不算好，所以猜錯了。

這間（大概）是家住副教授的寢室……我沒興趣在知性女性的寢室嬉戲，所以朝四個角落簡單一瞥，確認沒籠子之後就立刻移動到隔壁房間。

第二道門。

這裡是正確答案。應該吧。

我之所以這麼心想，並不是因為打開門之後，裡面有一個監禁三歲兒童的籠子……是因為門上了鎖。

用推的或是拉的都打不開門。

在這個時間點就可疑至極……正常來說，一般住家裡能上鎖的空間大概只有浴室與廁所吧？只要不是叛逆期的孩子，都不會在私人房間安裝門鎖……而且這是只能從外側上鎖的類型吧？

在關進籠子之前，家住副教授就把三歲女兒關在房間嗎……？為了隔離這個「不想看見的東西」？這已經超越虐待，簡直像是在畏懼自己的孩子吧？

視為怪異畏懼。

雙重密室……加上玄關門鎖的話，是三重密室嗎？不過前提當然是房間裡有籠子……

「鬼哥哥，這道門的鑰匙，那位知性老師沒借你嗎？」

「可惜沒有。不知道她是冒失忘記，還是說不出口……」

「是喔。」

斧乃木面無表情點點頭，隨即赤腳踹開門。不到「例外較多之規則」哪種程度，是普通模式的踢腿。只要這裡不是銀行的金庫室或是軍方設施，這樣踹就夠了。第二道門連同鉸鏈朝內側倒下。

「不愧是『隨機應變的戰車』。」

「上次被別人用這個綽號稱呼，已經是滑鐵盧那時候的事了。」

「妳有從軍的經驗？」

然後……

007

然後說到內部的光景，看起來是兒童房……就我推測，最深處的第三個房間應該是分居中的丈夫房間。

滿懷愛情的雙親精心裝飾的花俏兒童房。正確來說，是留下這種痕跡與殘骸的嬰兒房。

因為，如果這裡是三歲兒童的房間，天花板的旋轉鈴已經不需要了吧？正下方的嬰兒床更不用說……依照我的觀察，這個房間適用於滿一歲的年齡層……柔軟的玩具、粉色的壁紙、花俏的痕跡、愛情的殘骸。

遮光窗簾完全緊閉。

那麼最重要的籠子呢？

找到了。

明明最好不要有，卻很輕易地找到了。

關於這一點，並沒有華麗的大逆轉。嬰兒床旁邊設置一個看起來很堅固的籠子，大概是狗籠吧。

組裝時應該很辛苦的大型籠子……到了這種程度應該需要專用工具吧？籠子本身很恐怖，不過耗費在籠子的勞力也很恐怖……會質疑為何要做到這種程度，心想居然特地設置這種規格的籠子。包括房門安裝的鎖……感覺像是看見精心準備的死刑裝置。

總之……如果解釋成家住副教授的精神狀態走投無路到必須這麼做，這應該是最具善意的一種解釋吧。

而且在她找我這個平凡學生商量這種問題時，我對此已經了然於心，所以沒有正統推理作品的大逆轉情節。

只看籠子的話是如此。出現大逆轉的是籠子內部。

依照家住副教授的說法，她的三歲女兒家住唯唯惠，肯定已經被關在籠子長達三天之久。

依照我的推理，這個女孩肯定不是唯唯惠，而是「換子」，是不屬於人類的怪異。

然而嚴密監禁在三重密室最深處的對象，不是前面提到的任何一種。

「……人偶？」

我輕聲說。據實說出自己看見的東西。

躺在籠子裡的是人偶……應該吧，總之看起來暫且像是人偶。

「是人偶沒錯。是娃娃。」

斧乃木出言同意。

屍體人偶斧乃木都這麼說了，這個猜測不可能出錯。

人偶說人偶是人偶。

雖說是人偶，卻不是會在店裡販售的商品。感覺是手工製作。就算這麼說，也絲毫感覺不到溫度，如果不怕誤解說實話，這是令人發毛的人偶。

我還以為是詛咒人偶。

有街頭藝人會把膨脹的氣球扭轉製作成貓狗的形狀吧？感覺就是以相同的手法，使用厚如棉被的布料製作成人類的形狀。

人類的形狀——說得詳細一點就是嬰兒的形狀。由於扭轉製作的成品出色，洋溢的詭異氣息也倍增。

只不過，製作這句人偶的人，即使製作布偶的功力首屈一指，卻好像沒有繪畫天分……人偶臉部以奇異筆繪製的五官，不知道是不是想惡搞，居然是以「へのへのもへじ」七個平假名畫成的。頭髮也是胡亂畫圈圈了事……形容成將頭部完全塗黑比較正確吧。

製作人偶……手折正弦嗎？不，那個男人不可能參與這個事件。將人偶關進籠子的行為，完全違背那個男人的「正義感」。那個男人會監禁的不是人偶。

我要冷靜，現在不是慌張的時候。

非得謹慎思考的局面來臨了。

「用不著思考，這肯定是那個老師的作品吧？」

斧乃木說。

興趣缺缺這麼說。

「是手工製作。」

她該不會是在期待可以和潛入別人家庭的「換子」進行異能戰鬥吧……「隨機應變的戰車」已經不再對籠子裡的詛咒人偶感興趣，改為檢查室內。

畢竟調查與分析是她的專長。

「我想鬼哥哥也察覺了，這間嬰兒房的適用年齡感覺是一歲，最多兩歲。」

「嗯……所以大概到這個年齡，家住副教授都對自己的孩子感覺到愛情吧？在那之後，即使再怎麼可愛，也不覺得是自己的孩子……」

「是不是死掉了？」

斧乃木平淡地說。

在室內各處走來走去這麼說。

「那個孩子在兩歲左右，因為生病、遭遇意外或是發生案件等原因死掉。」

「咦？不，可是，妳說她死掉……」

「既然鬼哥溫柔到無法承受孩童死掉的這種話題，我就提出別種可能性吧。我想想，女兒現在被分居中的丈夫接過去撫養，這你覺得怎麼樣？總之……無論是生是死，家住唯唯惠在一年多前的時候就離開老師身邊。」

斧乃木如此斷言。

看來斧乃木已經從這個房間（或許早在走廊那裡，或是在家住副教授寢室的時候）發現我這個外行人實在無法發現的複數痕跡。

「嗯，至少不管是以何種形式，我都感覺不到有兩個人生活在這個密閉空間的氣息。如果看過垃圾桶或是冰箱，我可以說出一百個更確實的推論……總之應該用不著這麼做吧。」

「…………」

「無論如何，這一幕令人感動吧？失去孩子的母親，一直將親手製作的嬰兒人偶抱在懷裡當成補償。即使再怎麼常見又老套，我還是很喜歡這種感人落淚的故事喔。」

確實令人想哭。至少笑不出來。

雖然晚了一步，但是我模仿斧乃木環視嬰兒房一圈。花俏的痕跡、愛情的殘骸，以及……情感經過一輪之後製作的詛咒人偶。

真是這樣的話，這款設計師嬰兒人偶也太獨特了。

「失去愛女，改為親手製作愛女，可是到頭來並不是真正的愛女，所以無法覺得可愛，當然也不認為是自己的孩子……妳是這個意思嗎？」

「因為本來就不是自己的孩子，是布塊。」

「簡直亂七八糟。」

「一點都沒錯。合理得亂七八糟。」

斧乃木的語氣始終毫無情感。

即使服裝打扮偏離設定，這部分也沒偏離，徹底是一具布偶。從這一點來看，以平假名畫臉的人偶比她討喜得多。

「她找鬼哥哥商量這件事也是如此。就我所知，依照這個國家的法律，虐待與監禁人偶不是重罪。即使被發現，也只會讓內心變得輕鬆。」

「變得輕鬆……家住副教授本人對此有所自覺嗎？換言之，那個，該怎麼說……她由衷相信這個布偶是唯唯惠小妹？還是說，她知道這是假的人偶，也明白這不是自己的孩子，卻還是忍不住這麼做？」

所以不惜借用我這個學生的助力，想戒掉這個習慣。她之所以找我協助，並非因為我是虐待兒童的專家，是因為我沒有特別的利害關係，是方便使喚的第三者？

正因為沒有交集才會選上我？

「即使沒有利害關係也有階級關係吧。既然是恩師與學生的關係，應該會比較容易聽話……應該說容易控制。」

「…………」

直到我像這樣愣在這裡，都在大學教師的計算之內嗎？哎，我也沒有純真到會因為這種事受到打擊。無論是被利用還是被使喚，我都習慣了。

我是擁有奴隸經驗的十九歲。

但是既然這樣，我希望至少能讓某人幸福做為結果……絕對不要成為「我撐不下去了，所以讓一切變得亂七八糟吧」這種企圖的幫凶。

「幫素昧平生的知性老師說幾句話吧，我想這應該是下意識的企圖喔。她也很煎熬。就像是不得不虐待心愛孩子的母親。」

「……斧乃木小姐，妳這是在指桑罵槐嗎？」

「我就是這個意思，順利成功了嗎？總之，我以怪異專家的身分建議，鬼哥哥的恩師最好去接受心理輔導。即使表面看起來維持正常，或許也幾乎達到極限邊緣了。若問她是否相信這個手工布偶是自己的孩子，她應該是打從心底相信，並且打從心底懷疑吧。」

相信，並且懷疑。

這正是人類的特技。

所以這次輪不到怪異登場……前吸血鬼或是屍體付喪神都沒有上場餘地。既然這樣就下臺一鞠躬吧。如斧乃木所說，用不著調查冰箱或垃圾桶，也不必前往應該是丈夫臥室的第三個房間。

「…………嗯？」

就在我懷抱著被捨棄般的心情要轉身時，我察覺一件不必要的事。

不小心察覺了。

這是我的壞習慣。最差的習慣。

大概是愈害怕愈想看，籠子裡的布偶，我在最後的最後又看了一眼，對它不平衡的模樣感到不對勁。

看起來像是隨手扔進籠子，不過該說有點傾斜嗎……那種矮胖臃腫的形狀，應該無法穩定維持那種姿勢吧？

是重心的問題嗎？布偶裡面是不是放了啞鈴……比起普通的布塊，這樣應該比較符合實際的重量……不對，如果是這樣，布偶整體的形狀應該更扭曲一點。

還是說，從正面看不見的背部有一根支撐棒？

「怎麼了？鬼哥哥，走吧。想被殺嗎？」

「唔，等一下……」

我制止又想殺我的斧乃木，戰戰兢兢接近籠子……籠子在房間角落而且緊貼牆壁，所以與其繞到後面，從正上方觀察比較快。

最快的方法應該是打開簡易門閂取出布偶確認，但我不只害怕直接觸摸，更覺得自己沒資格觸摸。

應該只有家住副教授可以碰那個東西吧。我如此思考並且俯視籠子。

「……欸，斧乃木小妹，我為求謹慎想確認一下……把嬰兒人偶關進籠子虐待應該不算犯罪吧？」

「怎麼了，說得話中有話。我說要殺的話真的會殺哦？」

「對，重點就是『殺』。」

「？」

「從背後刺殺嬰兒人偶，在這個國家不算犯罪吧？」

仔細一看，像是不讓手工製作的布偶倒下，像是支撐棒從背後維持不自然姿勢的物體，是深深插入布偶體內的廚具——水果刀。

008

虐待布偶和刺殺布偶差不多，真要說的話完全沒差。我真希望自己的感受性能讓我冷淡說出這種話。

不過就我所知，水果刀不是用來刺進水果以外物體的道具，肯定也不是用來刺殺人偶，而且是代替親生孩子之人偶的凶器。

這麼一來，三重密室的意義就改變了。原本是監禁事件，卻變成密室殺人事件。

說來當然，即使是人類的形體，人偶依然只是人偶……就算拿刀刺殺也不會哀號或是流血……「殺人偶」這種形容方式本身，以數學來說不是真命題。

人偶不會死。因為人偶沒活著。

只要不是屍體人偶，再怎麼刺或是砍甚至剝皮，依然不會死。

正因如此，刺殺沒活著也不會死的人偶，而且還從背後刺殺的這種行為相當異常。和這種行為差不多的不是虐待行為，而是剝掉肩胛骨這種等級，不能在電視報導的凶惡犯罪行為。

總之無須多說，如果認定這是密室殺人事件，凶手肯定是家住副教授吧……將布偶刺殺，扔進籠子，扣上門閂。離開房間，從走廊這邊鎖門，然後穿上鞋子外出，鎖上玄關大門——這些現象沒有謎團。

成謎的是她的內心。

這是矛盾的行為……如果是虐待到最後殺害，那還可以理解。雖然覺得不舒服，卻不是不能理解……因為下手過重，或者是出自間接故意，基於一時衝動，輕易害死弱小的生命。

關進籠子，棄置三天，幼兒因為營養失調之類的原因喪命……即使內心會抗拒，這種行為也沒有矛盾之處。

然而，把認定是自己孩子的布偶刺殺，然後關進籠子？這種順序，這種違反常理的組合，到底隱藏什麼意義？

從背後刺殺的行為有著明確的殺意，所以更是令人不明就裡。

家住副教授為什麼要做這種事？像這樣讓我這個「第一發現者」的內心如同暴風雨般混亂，也都在她的預料之中嗎？

是早就寫好的劇本？

假設她真的把這個布偶當成自己的孩子，那麼我目擊這一幕的危險程度，她應該是最清楚的吧。

還是說，我不應該試著理解這種事？確實，如果無論如何都想知道，唯一的方法是去問她本人。

真要說的話，我現在的心境是無論如何都不想知道，可以的話，甚至再也不想和她有所交集……等到暑假過後的後半學期，我想下定決心絕對不去上瑞士德語課。

……不過，我可不能這麼做。

斧乃木堅持不對水果刀做任何評論，接著我這次真的和她一起離開房間，然後嘆了口氣。

不是因為我膚淺到這麼想獲得學分，是因為我終究至少要把副教授借我的鑰匙歸還……如果在那個時候勸她接受心理輔導，我對一個幾乎比我大十歲的大人說這種話也太放肆了，不過即使有什麼隱情，即使有什麼內幕，身為她求助的對象，我必須將自己看到的一切據實回報。

我應該無法連帶相信她，至少在看過那個刀傷之後無法相信……不過為求謹慎，歸還鑰匙的時候請第三方在場見證比較好吧。

避免單獨見面才是聰明的做法。彼此都有危險……無法保證那間整潔的研究室不會在某處藏著水果刀。

為了避免加害者誕生，我不能成為受害者。

我當然不能斧乃木要求斧乃木陪我做這麼多，如果要追究責任，負責見證的第三方無疑應該是老倉育……可是我目前和那個甜心絕交……我想想，那麼除此之外還可以拜託誰……這時間還待在大學沒回家，可以的話最好是認識家住副教授的人……

我一邊思考各種問題，一邊以金龜車後座載著斧乃木回到曲直瀨大學，不過從結論來說，這些考察完全是白費力氣。

也可以說是紙上空談。

若說賠了夫人又折兵……還不到這個程度。

我在短短幾小時前見面的大學老師，身為一女之母的家住羽衣副教授，在我一邊苦惱一邊再度造訪研究室的時候，已經不見人影。

忽然消失無蹤。

無影無蹤。

第二天，第三天，甚至是第四天，第五天，她都沒出現在職場。

就這麼將自家鑰匙借給我，就這麼將自己孩子關在籠子，隱藏自己的行蹤。

簡直像是遭到「神隱」。

如果是這樣的話，那她被什麼東西替換了？

009

進入期待已久的暑假！耶～～～！

好啦，大家要一起去玩什麼呢？

……事情當然不會這麼進展。沒這種進展，也沒這種心情。不會有，有的話還得了。這次的事件就只是變得棘手無比。「為什麼會變成這樣」這句話，如今就像是我的口頭禪，不過這次我尤其這麼認為。明明肯定沒犯下任何算是錯誤的錯誤……還是說，我一開始就不應該聽話去找老師報到？

這名老師和我說完話之後就下落不明，哪有人猜得到這種事……哪有人會知道我是失蹤者最後見到的人物？我對此甚至沒有不祥的預感。或許我還沒進行自我介紹，然而我即使曾經是吸血鬼，卻不是預言家。不像正在某處流浪的中年夏威夷衫大叔，我說不出像是看透未來的話語，而且我也不想說。

大學教師在期考結束之後失蹤。在校內當然成為一大騷動，也成為一大事件……我當然也被各處叫去問話。總之，這部分我適度打馬虎眼了……適度搪塞可說是我的拿手絕活，而且我神經也沒大條到未經當事人許可就四處張揚３３３號室內部嬰兒房的樣子。最重要的是連我都不清楚真相為何，我又能怎麼張揚？

改考卷的工作好像由研究室所屬的助手還是教授代勞，答案券順利回到我的手中。現代的學術機構好像不會因為區區一個人失蹤而停滯。也就是沒什麼工作一定要由特定的某人來做吧。順帶一提，我的評等是Ｃ，有得到學分。不過這是現在最不重要的事情。

除去「神隱」或是「換子」這種怪異現象，若要以現實角度解釋現狀……派我這個學生去察看家裡樣子的家住副教授，後來慢半拍對自己欠缺冷靜只能說是表現出內心慌亂的這種行為感到後悔……她害怕自己虐待「親生孩子」的行為曝光引起大騷動，決定選擇「逃亡」，這應該是目前最妥當的推理吧。

虐待親手製作的人偶不算犯罪，從背部刺殺這個人偶也不算犯罪，所以即使我得知這件事，口無遮攔向世間揭露這個情報，也不需要不顧一切逃走。但這終究只是從法律層面來說，斧乃木說得沒錯，現在不確定家住副教授自覺到什麼程度。

或許依照日期不同，自覺症狀或是無自覺的程度都不一樣，所以即使委託內容與逃亡戲碼都在邏輯上出現破綻，也不應該硬是將情報整合起來吧。

這不是推理小說。更不是在猜凶手。

或許是國家委託的極機密研究內容被特務機構盯上，副教授才會被這個機構抓走。校內暗中謠傳這種荒唐無稽的陰謀論，但是正常想像的話，家住副教授肯定是拋下所有回憶，回到出生的故鄉瑞士吧……雖然她來到日本是為了和關係不佳的父母分開，不過在那裡肯定也有方法免於見到父母。

她放下心結修復親子關係的這種快樂結局，也是可以勉強想像的。

人類的想像力無限大。包括好的方面與壞的方面。

壞的方面——只要想像家住副教授明明沒這個必要卻四處逃竄的模樣，我內心反而不舒坦……不，到頭來無論怎麼解釋，關於她這次下定決心失蹤，我都是直接的原因，想到這裡就讓我……情緒消沉。

消沉到谷底。

我在理性上可以理解。如果我這個「虐待兒童的專家」拒絕那個委託，家住副教授會去接觸其他乖乖聽話的學生，接下來只會進展為大同小異的結果……因為不管怎麼說，包括虐待「三歲女兒」的行為在內，這一切都只是她的獨角戲。

事情進展的主導權從頭到尾都只掌握在她的手中。

不過理性是理性，和感性不同。

就這樣，我大學生活的第一個暑假別說光鮮亮麗，甚至是以苦澀的滋味開始……即使用不著形容為地獄，不過原本預定和黑儀去北海道旅行的計畫也再度延期。

雖然已經討論過行程，但她不愧是機靈的女生，沒看漏我潛在的消沉心情。

哎，畢竟原本就是說定要在螃蟹的產季……在冬季去旅行。

這麼一來，在被女友閒置的這個暑假，我可以在家裡一直苦惱思索家住副教授的事，不過我的交際手腕也比以前進步，遲遲沒機會可以獨處。

我好開心。

這天早上，手機收到一封電子郵件。

是女高中生朋友日傘寄來的。

「阿☆良☆良☆木☆學☆長☆今☆天☆下☆午☆一☆點☆開☆始☆女☆籃☆社☆要☆在☆直☆江☆津☆高☆中☆體☆育☆館☆舉☆辦☆學☆姊☆學☆妹☆大☆交

☆流☆賽☆你☆來☆當☆特☆別☆來☆賓☆的☆話☆會☆大☆受☆歡☆迎☆喔☆！☆先☆到☆河☆河☆家☆集☆合☆Y☆O☆！☆現☆在☆立☆刻☆G☆O☆G☆O☆！☆☆☆☆」

好難閱讀。

或許因為她的名字是星雨，所以試著在內文也下起流星雨，不過寫這種郵件很麻煩吧？

我勉強試著解讀……嗯……學姊學妹大交流會……？看來原本差點瓦解的直江津高中女子籃球社，花了幾個月之後也終於重建到這個程度了。

我也盡綿薄之力協助過，所以這是令我率直感到開心的消息，如果我出席這場比賽能讓她們的社團活動更稍微接近全盛期的光景，那我很樂意造訪母校。

不，我不是期待大受歡迎，而且說實話，我連一步都不想接近那座母校……

即使如此，也還是能藉此轉換心情吧。

雖然並不是因為那個任務搞砸了，但我現在想要感受一下助人的感覺。

對了，說到解讀，先前拜託命日子的「那個」現在怎麼樣了？後來我沒收到後續的報告……以那個傢伙的個性，或許是忘了。

總之，死馬當活馬醫吧。

不行就不行。不行的話甚至比較好。

首先要到神原家集合（她有確實徵得同意嗎？擅自指定好友家當成會合場所是日傘的壞習慣），所以我換好衣服，下樓準備出門。

然後，我在玄關旁邊遇到月火。

和服妹妹，阿良良木月火……經常換髮型的小隻妹，現在是包括瀏海一起束到腦後的馬尾髮型。

額頭好可愛。可愛到令我火大。

「哎呀哎呀，哥哥真是的，你來得正好。知道我的寶貝布偶在哪裡嗎？」

「布偶……」

是斧乃木吧。

看來女童受夠被當成換裝娃娃，再度逃離妹妹的房間避難了……這麼一來，她可能又去金龜車後座躺平，但即使對方是我最愛的妹妹，我也不能輕易洩密。

畢竟先前為斧乃木添了不少麻煩，我希望至少要從妹妹的魔掌保護她……到頭來，在那之後我完全沒和那孩子提過家住副教授的事情，不過同為人偶的斧乃木看見人偶從背後被刺殺的模樣，或許有她自己的想法吧。

哎，不過，我只是沒和她提過家住副教授的事情，像是電視連續劇或是哈根達斯新口味冰淇淋之類的話題都會正常聊，所以斧乃木也很可能只把那個事件視為「已經結束的事」來處理。

無論如何，答案只有一個。

「抱歉，我不知道。我不是無所不知，只是剛好知道而已。」

「那是誰的臺詞啊？我好像在哪裡聽過耶～～」

妳把去年夏天無比崇拜的羽川忘掉了嗎……真羨慕妳的人生這麼灑脫。

好想把我的消沉分一半給妳。

「哎，那種布偶就算了吧。差不多該買新的了。」

「妳也太灑脫了吧？」

「所以哥哥，你精心打扮是要去哪裡？」

「喔，在當地知名時尚顧問的小月眼中，我這樣是精心打扮？」

「嗯，看起來像是想被女高中生吹捧的打扮。」

真敏銳。

我就當成稱讚收下吧。

「我要去見日傘學妹。」

「啊～～哪個人啊。不知為何每週會來我們家玩三次。」

原來妳們認識。

畢竟她每週會來玩三次。

「順便問一下，那個人的名字『星雨』要怎麼念？音讀的『Seiu』還是訓讀的

『Hoshiame』？」

「她說都可以。和安倍晴明的『晴明』一樣，可以念成音讀的『Seimei』或是訓讀的『Haruaki』。」

「可……可以這樣嗎……？」

「我才想問，妳要去哪裡？那件和服是外出用的吧？要和小憐去巡邏？」

「哥哥，火炎姊妹解散很久了喔。對我來說是往日的熱門作品。火憐自己去和高中朋友健行了，月火自己也要去和國中朋友健行。」

居然是健行。

國高中生現在流行這種活動嗎？

我追不上年輕人的流行了。

以火憐的狀況，大概又是艱困的登山之旅吧……不過月火肯定不太熱愛戶外活動才對啊？

「嗯，聽說啊，鄰鎮的深山埋藏屍體，所以大家聊到要一起去看。這是《總要找到你》的遊戲。」

「……《總要找到你》的遊戲？」

「嗯，我是原作派。」

真是裝腔作勢。

不過，比起火炎姊妹的正義使者遊戲，這或許健全得多吧……別說什麼深山屍體，我這個做哥哥的不久前才進行一場可能發現受虐兒童屍體的冒險，所以不太方便規勸她。

以我的狀況，連同伴都是屍體……只不過，看月火也在找斧乃木，她或許是想抱著布偶去健行吧。

這也可以說是敏銳嗎？

就像是穿戴珠寶去尋寶的感覺。

無論如何，我都已經是大學生了，太嘮叨干涉妹妹的品行也不太好……被這種輕率的傳聞耍得團團轉也是一種青春吧。

原本關係如膠似漆的兩個妹妹，如今因為分別就讀國中與高中而保持適度的距離，這也是我樂見的傾向。

「不過，如果真的有屍體，妳要確實報警喔。」

「那當然。你以為月火是誰？」

「就是月火吧？」

嗯。

不過，三個孩子各自出門，可見阿良良木家多麼和平。至少沒有任何人被關在籠子裡。

「小月，我們真的很幸福對吧？」

「嗯～～？這是怎樣？」

「食衣住各方面都不虞匱乏。或許我們應該更感謝爸媽才對。」

「每到母親節就不知道躲去哪裡的那個哥哥，怎麼突然說這種話？」

「今年我沒去任何地方吧？我有遵守承諾。」

「父親節你不就消失了嗎？無影無蹤。」

「我可沒有承諾到父親節。」

對於父親，我還沒能率直到這種程度。

總之，關於父親節與母親節的話題，我都已經和斧乃木聊過，所以這時候不再重提。

「不過，妳也曾經從屋頂跳下來或是被不良集團擄走，發生了好多事。」

「真的耶～～」

「家裡這麼和平，是令人感激的事情對吧？」

我的春假是地獄，黃金週是惡夢，不過基本上這都是在家門外發生的事。

我的家庭不是地獄，我的家族也不是惡夢……無論親子關係或是兄妹關係再怎麼惡化，至少也不曾感受到生命危機。

晚餐的餐桌總是有我的位子。

戰場原黑儀被母親強迫孝順，或是羽川翼在走廊起居的事實，我還是沒能在內心好好消化……再怎麼說得像是陪伴在側，或者是嚴厲斥責，我也無法在真正的意義上理解她們的痛苦吧。

即使遭遇差點沒命的事件，以我的狀況，這果然也是暫時性的意外，也就是期間限定的悲劇。

並不是「不被監護人監護」這種看不到未來的永遠。

「說得也是。如果家庭內部出問題，我與火憐也不必去外面找壞事解決了。說到阿良良木家的問題，頂多就是哥哥以情色的眼光看待妹妹吧。」

「這問題太大了。我沒這麼看。我是以侮蔑的眼光看待妳。」

「必須感謝才行。不過，父母也從養育子女獲得喜悅，所以也可以說是彼此彼此。」

「不可以從孩子的角度這麼說吧？」

「我發誓下次投胎要成為爸爸與媽媽的母親，好好呵護他們長大！」

簡直語無倫次。

從妳口中說出「投胎」這兩個字，感覺真實性還挺高的……畢竟妳是杜鵑。是死出之鳥。

而且也是——不死鳥。

「小月，真要說的話，妳應該說下次投胎也要成為爸爸與媽媽的女兒吧？」

「沒錯！我很慶幸出生在阿良良木家，我真的這麼覺得！出生成為爸爸與媽媽的女兒，成為哥哥與火憐的妹妹，我好幸福！不過我可沒拜託這種事喔！」

「有一句是多餘的。」

「說得貪心一點，我想出生成為哥哥的姊姊！想痛快欺負哥哥這個弟弟！」

「有兩句是多餘的。」

我唯獨不想被妳虐待。

010

為了配合體育社團徒步（還是慢跑？）前往母校的特有習慣，非體育社團出身的我決定開車前往最初的集合場所，也就是神原的日式宅邸（或許也是想讓學妹們看見我會開車了），不過說來意外，斧乃木不在後座。

所以她沒來這裡避難……？那麼，說不定是去千石那裡玩嗎……像這樣東奔西跑，這具屍體真是好動。

算了，反正我也不能帶女童參加女籃社的交流會……接下來只要事情按照時程進行，我肯定會和神原駿河、日傘星雨這兩個就讀直江津高中的學妹會合。

「嗨嗨，好久不見耶，阿良良木學長。您最近過得好嗎？是我啦，駿河學姊的超級粉絲，二年級的忍野扇。」

在神原家巨大門扉迎接我的後輩，是騎著越野腳踏車的忍野扇男生版。

好像因為神原家是神原駿河的領域，所以是男生版。

他一邊自我介紹一邊現身的這種做法一如往常。

八面玲瓏真是了得。

「……兩個女高中生呢？」

「她們採買派對要用的東西花了一些時間，所以將留守工作交給我，交給備受駿河學姊信任的我。當然也是暗中吩咐我要在這裡應付阿良良木學長囉。」

我不認為神原會將留守工作交給小扇──更正，交給阿扇，不過既然他這麼斷言就沒辦法了。

畢竟都斷言了。

「我也有事要找駿河學姊，所以這樣正好。請放心，我不會厚臉皮跟去參加交流會。如何？接下來等兩人回來的這段時間，要不要由我和阿良良木學長搭檔整理駿河學姊的房間？」

「兩個男生趁女生不在的時候亂動房間的東西，終究不行吧……」

「啊～～阿良良木學長真是的，為什麼把駿河學姊當成異性看待了～～？您是以這種眼光看待我的駿河學姊嗎～～？」

「……………」

男生版的忍野扇很難相處。不，女生版的時候也是這種感覺吧？無論如何，我在高中時代鮮少參加男高中生之間的對話，所以挺新奇的。

但我也覺得阿良良木曆面對忍野扇沒什麼好拘謹的。

「話是這麼說，但我其實是不為人知的日傘學姊派。不可以跟我搶哦？」

「明明老是把駿河學姊掛在嘴上這麼親近，這也太不為人知了吧？而且哪有什麼好搶的……」

「哈哈～～還是說學長要改為支持『換子』？」

「……呵呵。」

真是不能掉以輕心。

「阿扇」始終是神原內心的黑暗，不過身為同一人物的「小扇」果然是我內心的黑暗，這種程度的心思都被看透了。

畢竟是忍野咩咩的侄女——忍野咩咩的侄子。

「不不不，我一無所知喔。知道的是您，阿良良木學長。」

「那就好。不過我也對小月說過，我只是剛好知道而已。」

「既然這樣，要不要將您知道的事情，抱怨給我這個忠實的學弟聽呢？利用階級關係逼我乖乖洗耳恭聽，不容許任何反駁。」

「我曾經是這麼愛玩高壓手腕的學長嗎？」

你明明不是乖乖洗耳恭聽的那種人。

而且只會反駁吧？

不過，與其就這麼在神原家門前白白浪費時間，以虐待兒童與副教授失蹤當成聊天的話題，或許比沒有來得好吧。

總不能一個不小心抱怨給神原或日傘聽，害得好不容易舉辦的學姊學妹交流會冷場……雖然不是《國王的驢耳朵》那種狀況，不過鬆口向小扇……向阿扇透露實情，心情或許會舒坦一點。

我準備好這種藉口，盡量整理得簡短扼要，向阿扇吐露心情。這或許像是極致的自言自語，不過在忍野扇面前守不住口風，算是阿良良木曆的傳統技藝。

「喔～～三重密室嗎？我忍不住高興起來耶。『密室詭計』這個詞最近已經鮮少聽到了。」

「看你以赤子之心高興成這樣，我不知道該怎麼說。而且雖說各自是密室，不過每道門都沒有什麼詭計。」

我將注意力移向那天之後一直收在我褲子口袋的家住副教授住處鑰匙，並且聳肩這麼說。她在我歸還鑰匙之前失蹤，就算這麼說也不能扔掉，所以我一直帶在身上。

我這麼做是錯的嗎？

「而且第二道門，斧乃木已經踹開了。」

「說得也是。以毫無夢想的方式來說，密室殺人事件這種不可能的犯罪，應該不會是智慧犯主導的。大學教授這麼高度智慧的職業也不太會這麼做。」

阿扇笑嘻嘻這麼說。

即使聽到充滿「虐待」或「失蹤」這種沉重字眼的話題，他也無動於衷。無論性別為何，這孩子就是要這樣才對。

「所以阿扇，你對此有什麼想法？」

「關於什麼的想法？」

「關於其中的矛盾。視為自己孩子的布人偶，她拿刀子從背後刺殺之後關進籠子，我想問你關於這個行為的是非。」

「若問是非的話當然是『非』，若問矛盾的話應該是『盾』吧。」

「盾？」

「就是保身喔，是防衛。補充一下供您參考，『矛』是基於怨恨或殺機的攻擊性。」

「……從背後刺殺毫無抵抗的人偶，卻是保身？」
「是的。被殺之前先下殺手。是這種膽小鬼的犯罪。」
前面才說這不是智慧犯的做法，現在又說是膽小鬼的犯罪……他對家住副教授的抨擊真是強烈。
是我的深層心理嗎？
不過，阿扇和小扇不同，肯定是偏向神原的存在……但說到神原的內面……
「阿良良木學長，您真是的。我並沒有在批判家住副教授喔。」
「咦？」
「因為，根本沒證據吧？不能斷定家住副教授是從背後刺殺毫無抵抗人偶的凶手。這是無罪推定的原則喔。」
阿扇說。
我也是法治國家的居民，當然知道這個原則……慢著，咦？
聽他這麼說就發現確實沒證據。
並沒有鑑識人員進去調查水果刀的指紋，進一步來說，也沒有偵訊過當事人……只是我擅自這麼認為。
知道的是我。
「沒進行犯罪搜查，真要說的話，進行的是意識操弄。」

「…………」

慢著慢著，這我得仔細思考才行。

攸關人權……我的冒失發言被阿扇挑語病可說是家常便飯，不過如果這成為冤罪的溫床，我就必須好好反省。

沒錯。

是矛盾。

視為自己孩子的虐待用人偶，卻是從背後刺殺，使得我認為這個行為沒有整合性，在那間嬰兒房感到非常不自在，不過如果將這一點分開解釋，矛與盾就不會衝突。

在家裡把「三歲女兒」關進籠子的這個「事實」，是當事人委託時結巴坦承的事情……所以當我看到插在籠裡人偶身上的刀，毫不猶豫解釋成這也是家住副教授幹的好事。

「不過，這只是您擅自覺得不對勁吧？人類冒出『怪怪的』或是『這是怎麼做的？』或是『為什麼變成這樣……』這種感覺的時候，大多是有複數人從多方面蠻橫介入的時候。所以會超出理解範圍。」

複數人──複數犯人。

不，照他這麼說，聽起來像是有其他共犯，然而如果不是這樣，而是不曾溝通的各人建立起完美的分工體制……

將工作內容分割成許多細項，許多人各自負責，沒有任何人能掌握全貌，藉以維持機密。不只是局外人看不懂他們在做什麼，他們當事人也不知道自己到底在做什麼，類似這樣的系統。

簡單來說，將唯唯惠「監禁的犯人」以及將唯唯惠「從背後刺殺的犯人」，或許是截然不同的兩人。我完全沒檢討這個可能性。

虐待行為與殺害行為。

這兩塊拼圖幾乎相鄰，卻並不是一定要組合起來。

「…………」

不過……當然也會產生別的疑問吧。

首先，如果採用「虐待兒童和殺害兒童的凶手不同人」這個想法，那麼問題就在於殺害兒童的這個人是誰，以及這個人如何完成犯行。

這真的是美好舊時代推理作品的三重密室，不可能的犯罪。

因為犯行現場是家住副教授自家而成立的理論將會瓦解大半，凶手的模樣、動機與詭計也成為無解之謎。

「這就不一定了。」

「阿扇，這是怎麼回事？」

「像是典型助手角色的這種臺詞，不適合阿良良木學長喔。我一無所知，所以請您以自己的腦細胞，以灰色的腦細胞思考要點吧。」

瞬眼說瞎話。

不過，確實不能完全依賴這個孩子。為了說出適合我的「這是初步推理喔，阿扇」這句臺詞，我就試著將想像力的翅膀張開到每個角落吧。

動機暫且不研究。我不是動機女王。以家住副教授的狀況，「因為是自己的女兒」本來應該是保護的理由，卻反過來連結到虐待或是殺害的動機……但是如果還有其他的犯人，那麼人殺人的理由肯定富含無限的變化。

「這就難說了。人殺人的理由大致上是愛情、怨恨、金錢或是戰爭。即使包含意外也只有五種喔，單手就數得完。」

阿扇似乎改為飾演助手角色，不過這個助手真討人厭……只會打岔，完全不肯贊同偵探的推理。

我絕對不希望他成為敘事者。

「殺害三歲兒童的理由，或許也應該把變態性慾列為動機就是了。對象是人偶就更不得了。」

這種事算不了什麼。

總之動機暫時擱在一旁……密室詭計呢？

籠子的門閂有很多方法可以解決，不需要開鎖技術。不過嬰兒房的門鎖以及玄關的門鎖，只有屋主家住副教授打得開。

「這也很難說吧。事實上，第一道門由阿良良木解鎖了，第二道門是由斧乃木小妹漂亮突破吧？」

有禮無體的助手毫不留情不斷吐槽。不對，這我可以回嘴啊？因為第二道門真的是強行突破，就像是以破城槌撞壞那樣。

與其說是大開眼界，不如說是我想要眼不見為淨的破壞行為。

第一道門之所以打得開，也是因為我向屋主借用鑰匙，沒鑰匙的話不可能入侵密室。還是說凶手有備用鑰匙？

從家住副教授的鑰匙圈暫時借走住家鑰匙複製……或者是從公寓的管理公司偷走萬用鑰匙……

「咦？用不著做到這種程度……嗎？」

如果不是備用鑰匙呢？

如果不是……那麼說來恐怖，第二道門的密室性質以及暫時擱置的動機問題都會一口氣解決。雖然可以解決……

「這……這這，這是怎麼回回回事？用……用用，用不著做到這種程度也沒也沒關係吧吧吧……」

「事到如今別再假裝助手了。」
你這個助手也太驚慌失措了吧？過度驚慌失措到像是ＤＪ。
為什麼不能扮演好自己的角色？
不對，沒扮演好自己角色的是我。這種推理，我必須在此時此地完成。
我開口說。
如果不是備用鑰匙，而是持有者確實有權擁有，也就是正當持有的鑰匙……
「分居中的丈夫搬離那棟公寓的時候，未必有把鑰匙留下來也不一定吧？」

011

未必有把鑰匙留下來也不一定。這句話聽起來很拗口，請各位不要太計較。我有時候也會驚慌失措。
我本來就很任性，沒什麼朋友，經常和周圍對立，總之不擅長和別人合作，所以沒冒出這種理所當然的想法，不過我完全忽略夫妻合力打造那個犯行現場的可能性，這是我應該引以為恥的盲點。
吸血鬼、屍體人偶、神明，以及內心的黑暗，我明明有這麼多攜手合作的經驗……不過「合力打造」這種說法即使是適當的比喻，卻還是有語病。

虐待的是母親，殺害的是父親。

這些步驟是不同人進行，所以現場看起來才會那麼不可思議。家住副教授不在的時候，丈夫回到家裡，然後將妻子親手製作的成品從背後刺殺。

動機在於「因為是自己的女兒」。

分居原因的妻子做出這種行為，丈夫實在看不慣所以下手嗎？還是說丈夫也把人偶當成「自己的孩子」進而刺殺？

極端來說，因為「被關在籠子裡很可憐」，基於憐憫而給人偶一個痛快的說法也可以成立……從背後刺殺是因為不忍心看著平假名畫成的臉下殺手嗎？

動機的變化無限大。

不對，不對不對，這果然也只是我擅自斷定。想像力的翅膀發揮過度，居然像這樣叨叨絮絮懷疑沒見過甚至不知道名字的丈夫，正常人不該這麼做。內心的自由應該用在少女或女童或幼女身上，我不想用在懷疑非法入侵與殺人的時候。

「姑且還算是自己家，所以不算非法入侵，而且既然是人偶也不算殺人。」阿扇說。「雖然沒證據，卻不是沒根據啊？關於人偶的精細度，阿良良木學長剛才說明過了，像是氣球藝術作品的軀體，以及像是塗鴉的平假名臉蛋……這種落差雖然可以解釋成是副教授擅長裁縫不擅長繪畫，卻也可以假設是不同人分工製作的吧？」

「……………」

合力協作——分工合作。

手工製作。

「如果是這樣的話，代表其中有什麼隱情嗎？恕我冒昧給個建議，阿良良木學長，最好重新搜查一次比較好吧？這麼一來，副教授失蹤的意義也可能多少有所變化喔。」

「……………」

我不認為會有什麼變化。

若說要分開或是切割出來思考，那也應該思考副教授失蹤的原因。阿扇猜測她的失蹤或許也和丈夫有關，這可能是在對我危言聳聽，不過萬一真是如此，調查這件事也是警察的工作。

我原本就沒有搜查權。

如果和怪異現象——和「換子」現象有關，那我當然不介意以過來人的身分提供旁觀者清的意見，如果不是，不守分際的偵探遊戲真的會構成非法行為。

我也應該聽從斧乃木的勸告，學著將事件交給警方處理。

雖然嘴裡這麼說，但是在一小時後，我不是在女籃學長學妹交流會會場的直江津高中體育館旁邊，而是在家住副教授住處公寓的停車場停下金龜車。

我不等神原與日傘採買回來，委託阿扇傳話之後將方向盤打到底，一個掉頭就這麼再度訪家住副教授的家。

或許就是因為我面不改色做出這種違背道義的事，所以我在大學也遲遲交不到朋友，但改天再讓女高中生吹捧我吧。

畢竟現在事態緊急。

不，我絕對不是被求知的好奇心囚禁，一時衝動自以為是名偵探而進行推理遊戲……甚至完全相反，我是即使繞路也要迴避命案現場的那種人。先前雖然說得像是可以理解，不過月火一聽到埋屍傳聞就和朋友去健行的這種想法，老實說我無法理解。

那個傢伙在搞什麼啊？

即使不是殺人也不是犯罪，然而不只是虐童行為，也隱約看得出夫妻糾紛的這間公寓住家，我之所以再度造訪，不是基於求知的好奇心，真要說的話，應該是小扇……阿扇說的「盾」。

也就是保身。

我是在和阿扇聊到三重密室的時候想起來的。應該說在那個時候察覺的。不是可以輕易打開的籠子門鎖，也不是丈夫可能有鑰匙的玄關門鎖，而是嬰兒房的門鎖，也就是第二道門。

關於第二道門的鎖，昔日住在那個家的丈夫，就算知道鑰匙在哪也不奇怪，也就是已經失去密室特性……想到這裡的時候，我忽然察覺了。

漂亮突破——破城槌。

斧乃木當時一腳踢壞房門，然而那樣是不是不太妙？

不只是不妙的程度。

這次有借到鑰匙，所以我自認不會是紅孔雀小妹那時候的非法入侵，但是我可沒獲准破壞屋內。大概是看見籠裡背部被捅的人偶，害我比想像的還要混亂，我完全忘記收拾善後。

虐待人偶的行為與殺害人偶的行為都不是犯罪，但是破壞別人家裡房門的行為無疑是犯罪。

斧乃木……！

那孩子，不知道該說是對於破壞行為毫不猶豫還是心無旁騖……長得那麼文靜（甚至面無表情）卻經常若無其事破壞東西……這麼說來，紅孔雀那時候她也是瞬間就打破住家窗戶。

她本人總是恬不知恥甚至驕傲說明自己就是這種功能的道具，不過爛攤子總是我在收拾。

打倒魔王的是勇者，被戰火破壞的世界卻是由普通人復興，大概是這種感覺吧。不對，完全不是這種發人省思的事情，單純只是斧乃木沒有教養，畢竟她原本的擁有者是那個暴力陰陽師……至於現在的擁有者月火，即使說客套話也不是畢生熱愛整理整頓的類型。

無論如何，是我思慮不周。

嬰兒房本來就很悽慘，被破壞的門也融入室內光景，但即使是愛情殘骸般的房間，也沒道理連房門都真的化為殘骸。

目前好像還沒成為問題或是案件，不過家住副教授要是繼續失蹤，遲早會有某個第三者進入那個房間吧。可能是管理公司，也真的可能是警察。

雖說下落不明，但始終只是沒出現在職場又聯絡不上，也沒提報為失蹤人口（包括她的父母，有資格提報失蹤人口的所有親人大概都住在瑞士），所以現在當局好像還沒有動作，卻也遲早會達到極限。

只要房租一直沒繳，遲早必須搬離公寓。一旦那間嬰兒房在當時被目擊，真的會成為天大的醜聞。首先肯定會和失蹤事件連結在一起，到時候那扇被破壞的門不知道會被如何看待……

或許是我這個膽小鬼想太多，實際上應該是這樣沒錯。如果那種程度的破壞就會引來司法之手，那麼斧乃木早就被逮捕了（那孩子也曾經將阿良良木家的玄關聯同我妹妹打成粉碎）。

我猜，平常都是統管專家的掌權者臥煙伊豆湖在幫斧乃木收拾善後吧。那位「無所不知的大姊姊」特別擅長這種幕後工作。

破壞工作背地裡的善後工作。

只不過，我現在和大姊姊斷絕往來，無法指望這個高機率的可能性……既然我已經察覺，就必須自己想辦法處理。

如果沒察覺就會扔著不管了……明明要和女高中生玩樂藉以轉換心情，卻變得要為了隱匿犯罪而奔走，心情上真是大起大落。

如果房租是從銀行帳戶自動扣款，即使本人不在也應該不會太快欠繳（也要看帳戶餘額而定），但是盡早未雨綢繆比較好。不知道如何是好的玄關鑰匙，幸好我一直放在口袋沒處理……要是預先下定決心扔掉鑰匙，我或許會覺得沒有隱匿行徑的餘地而放棄吧。實際的犯罪或許也是從這種不重要的疏忽露出馬腳……

人生不如意十有八九。

不過，還好我是在斧乃木不在的時間點察覺……受到監視的前吸血鬼像這樣擅自一意孤行，她或許又會殺我。明明是想為斧乃木收拾善後，要是因而被斧乃木收拾性命，我終究無法接受。

就這樣，我帶著在途中五金商店購買的修繕工具，再度造訪家住家。

012

只要趕快把壞掉的門修好，說不定趕得上女籃交流會的續攤行程。我原本天真這麼盤算，不過計畫落空了。

要是著墨太多，看起來就像是我很想參加這場交流會，但我原本就不是喜歡交際的個性，所以無論是什麼主題，我都不擅長應付這種聚會場合……即使是火炎姊妹的解散派對，我也是不情不願勉強參加的麻煩傢伙。

記得當時是女國中生的派對……關於我的社交性，就在大學期間想辦法培養吧，總之這次的交流會只能斷然放棄參加了。

並不是因為嬰兒房的門破損到無從著手，無法三兩下就能修復。

即使真是如此，極端來說，我也有密技可用。昔日傳說中的吸血鬼忍野忍，前姬絲秀忒・雅賽蘿拉莉昂・刃下心擁有「物質創造能力」，我的密技就是請她以這種能力從頭完整重建房門……雖然條件是要等到入夜，不過既然這樣，我乾脆在白天先參加交流會（我果然很想參加？），到晚上重新造訪這個房間就好。

必須支付代價（甜甜圈）就是了……不過我的老謀深算沒派上用場。第二道門的毀損程度，適用於我想盡量自己解決問題的獨立心態……或許該慶幸斧乃木是赤腳踹門。如果是平常穿的長靴，而且又發動「例外較多之規則」，門本身應該會被踢出一個洞，不過實際上只留下模糊的腳印，鉸鏈本身也幾乎完好，毀損程度只不過是斷了幾根螺絲。

這麼看來，以我的技術就能勉強ＤＩＹ修復。那我為什麼沒有興匆匆去給女高中生吹捧？

隱情沒有很複雜，但是很重要，所以我依序說明吧。說明這段不算隱情，應該形容為「異常」的原委。

雖說有借用鑰匙，卻也不是完全沒心虛，所以我像是討厭防盜監視器般悄悄從公寓後門溜進去（這樣更可疑），沒搭電梯，而是爬樓梯抵達三樓的３３３號室。畢竟屋主下落不明，要是被當成綁架犯來湮滅證據就麻煩了。我只是沒有真的綁架，事實卻非常接近，正因為接近所以令我頭痛……我的舉止愈來愈可疑。

總之，除非我完全化為吸血鬼，否則不可能完全避開監視器（化為吸血鬼就不會映在鏡子裡，所以只要監視器鏡頭用到反光鏡就很安全。就算是無反光鏡的鏡頭應該也沒問題），所以就某方面來說只能認命……但是除此之外，我還得注意其他事情。

分居中的丈夫或許是「兒童殺人犯」。既然我已經想到這個可能性，就必須提防３３３號室不一定絕對沒人……或許有人說我這麼警戒會沒完沒了，不過我在嬰兒房撞見返家丈夫的狀況是有可能成立的。

這種場面也太煎熬了。

明明我甚至和現實中的女友都不曾經歷這種驚心動魄的場面，為什麼非得遭遇像是情夫的這種下場……不過我這個房門破壞犯（的同夥）都像這樣高調歸來了，丈夫即使再度返家也沒什麼好奇怪的。正所謂「真凶會回到現場」。

而且也可能是「父親回家」的正常狀況……現階段始終是我（與阿扇）擅自推測丈夫是「兒童殺人犯」，即使推測錯誤，丈夫也可能因為擔心失蹤的妻子而返家。在這種狀況就不再是彼此都有問題，是我單方面犯下非法入侵與毀損罪。

先前一邊想像受虐孩童被監禁，一邊打開玄關大門的時候也很緊張，不過現在一邊想像父親可能在家，一邊打開玄關大門的狀況也相當刺激。

所以我謹慎思考之後，決定姑且按一下對講機……沒回應。無人應答。我可以暫且安心嗎？

不，與其安心還不如用心。

因為我其實還得擔心一種狀況。就是問題核心「失蹤的家住副教授」單純變成家裡蹲的狀況。如果她不是失蹤前往某處，也不是回去瑞士，而是和職場與朋友斷絕聯繫，足不出戶假裝沒人在家呢？

假裝不在家的手法看起來像是容易忽略的古典詭計，其實是在現代社會才能成立。因為任何生活必需品都能網購請人送到家……總之，雖然應該有極限，不過人們不必外出也能從容生活一週左右。

前提是即使大學同事或朋友接連來訪，也要以堅定意志貫徹自己假裝不在家的立場……哪像我光是在交流會放大家鴿子就有強烈的罪惡感。

對了對了，昔日我躲進體育倉庫想要搞失蹤的時候（詳情麻煩別問），也是只收到羽川一封電子郵件就輕易心軟……所以無論家住副教授是以何種心態銷聲匿跡，她躲在自家的可能性應該很低。

此外，即使覺得撞見丈夫的危險性明顯比較高，也還是得好好模擬在屋內相隔數日再度見到家住副教授的狀況，否則到時候我會驚慌失措……應該要說「我是來歸還鑰匙的」這樣嗎？

還是要向剛才那樣假扮成名偵探，說出「果然是這裡嗎……」這種臺詞？

還要露出「我早就了然於心」的表情。

無論如何，我按下對講機之後沒有回應。接下來我不是訪客，必須徹底當一個修理工。

雖然稱不上熟門熟路，但總之我是第二次來訪，所以走在三房兩廳住家的走廊不會迷路（用不著請出迷路之神），立刻就抵達嬰兒房。

補充一下，我從客廳或是從中途的第一道門……也就是疑似家住副教授寢室的那個房間，都沒感覺到人的氣息。大學教師變成家裡蹲的假設可說幾乎消失。不提這個，我更應該反省前幾天沒關上第一道門就離開的疏失。

第二道門不只是沒關上那麼簡單……不過如前面所述，受損程度輕微到我可以親手修理復原。

單純為此高興一下吧。

我內心完全沒這種想法，因為受損的不只是問題所在的嬰兒房房門。

「……啊？」

問題更大的一道門損毀了——放在嬰兒房角落那個籠子的門。前幾天在遮光窗簾緊閉的這個房間看見籠子時，確實扣上門閂的那道門，損毀到恐怕不可能修復的程度。

就像是有個用來關怪物的籠子，從鐵柵欄的內側硬是被蠻力從左右扳開……形狀扭曲得像是拉糖工藝品。門與其說是損毀，不如說是熔化。但是無須多說，籠子裡當然沒有怪物。

而且，背部被水果刀刺殺的受虐人偶，也從籠子裡消失不見。

和製作她的主人一樣下落不明。

013

唔。唔唔。唔唔唔？

這是什麼狀況？

我暫時將工具箱放在嬰兒房地上……這麼做或許是錯的，稍微聰明一點的人看到這個狀況，應該會立刻轉身離開。

但是至少愚笨的我忍不住就想做個調查。不經思考就選擇了思考。總之先冷靜下來吧。

在現場逗留的這個壞習慣遲早要改掉……若要我心平氣和單純描述室內的狀況，看起來像是那具人偶以自己的意志逃出籠子，但是未必如此。

別慌張。

我因緣際會湊巧認識一個會自主行動的人偶，而且還是屍體人偶。只是因為知道這個極端的實例，才會抱持這種第一印象……依照常識，人偶不會逃獄。

一切正如各位所熟知。

所以，如果這幾天有人破壞這個籠子，我不應該推測動手的是關在籠子裡的人偶，應該推測是這段期間造訪這個房間的人。

即使看起來是從內側扳開，或許也只是看起來如此罷了。

雖然應該不是假裝不在家，不過家住副教授失蹤之後曾經暫時返家的假設想要多少就有多少，那麼或許是她在那時候將手工人偶，將這個某方面來說充滿回憶的人偶帶走。同樣的假設在丈夫身上也能輕易成立。

後悔自己刺殺了妻子「疼愛」的人偶……我想想，然後拿去修理之類的？

得知妻子失蹤之後，為了湮滅證據而帶走人偶，這種推理也可以成立。剛好就像是我為了滅證而來到家住家這樣。

……可是，這又如何？

假設即使不是家住夫妻，總之有人拿走那個詭異的人偶……那麼究竟是哪裡的誰為此做出扳彎鐵籠的粗暴行為？

踹破第二道門的式神暨破壞神斧乃木，打開這個籠子的時候應該也是正常拿掉門閂吧……即使是出生至今沒看過門閂這種古代門鎖的幼稚園兒童，也解得開這種簡單的構造。

是的，只要不是還沒就讀幼稚園的三歲兒童……

說起來，這是動物用的籠子，不是平凡常見的玩具。要以哪種角度施加哪種力道，才能將鐵條扭曲成那麼胡鬧的形狀？

至少以我的臂力做不到。如果是吸血鬼時代，無論是鋼鐵或鑽石當然都算不了什麼，但是以我現在的臂力……

實際上又如何？

再怎麼假裝純真，我也是曾經穿越時光，曾經消滅或是拯救平行世界的驚奇人物……沒道理因為區區的人偶逃獄事件就慌張到不省人事。

不過……即使是「實例」的屍體人偶斧乃木，要成為付喪神也必須先被使用百年以上吧？而且為了讓她像那樣自由自在地行動，影縫余弦與手折正弦被迫背負「不能在地面行走」這種莫名其妙的詛咒，付出此等時間與代價才造就這具屍體人偶。

上週只是普通布偶的布偶，在我隔週再訪的時候已經以蠻力逃獄……事情有這麼輕而易舉嗎？

「……不。」

明明不是普通布偶。

是手工製作，是孩子的替代品。

是受到折磨，背部被捅的布偶。

即使期間不長，注入的意念卻非同小可。如果這樣還不夠，反倒令人質疑到底需要注入多少的意念才夠。

真要說的話，我造訪這個家也可能成為某種導火線……怪異經驗豐富的我，也可能造成不少的影響。如同以前我在化為「髒東西」聚集地的北白蛇神社，對蛇切繩發揮過這種作用，或許我早就成為行動式的聚集地了。

自導自演的驚奇人物。

為了避免這種事發生，臥煙肯定已經將前姬絲秀忒・雅賽蘿拉莉昂・刃下心的影響力完全封鎖，不過終究是人有失足，馬有亂蹄吧。

這麼一來，我難免感受到一些責任……如果我不只是造成家住副教授失蹤的契機，還造成受虐人偶逃獄的契機，不說玩笑話，我即使被斧乃木殺掉也無從抱怨。

那孩子每次都不是在說玩笑話。

每次都是怪異奇譚。

然而就算這麼說，這個事態也已經瞞不住了……只能抱著被殺的決心向斧乃木報告。不同於第二道門，要將這個歪七扭八的籠子完全復原，真的只能叫忍出來幫忙，但如果真的是因為那個蘿莉奴隸的影響力外洩，我就不能輕易依賴吸血鬼的力量。

這下子傷腦筋了……

無論如何，不管是不是我的錯，我都必須找出逃獄的布偶，這麼一來，斧乃木這個專家的助力不可或缺。如此心想的我，姑且為了尋求像樣的線索，做出和上次同樣的行為，也就是接近籠子從正上方俯視內部。

不管從哪個方向看，空空如也的籠子裡也沒有躲藏的空間……但是水果刀也不見了。

就這麼插在背部逃走嗎？

若是如此，那麼逃犯就是身負重傷的狀態……我可以這麼認為嗎？還是說我對布塊投入太多的情感？

不過，或許正因為投入太多情感，那個人偶（命名為唯唯惠人偶吧）才會逃離籠子吧？

「唔……不過就算逃走，是要逃去哪裡？」

我自然而然說出這個問題點。

當然，這必須由我和斧乃木一起找（總之應該不是跑去兒童諮商所），但我要說的是在這之前的問題。

我進入玄關。使用鑰匙開鎖入內。反過來說，門原本是上鎖的。

假設唯唯惠人偶是從正門，也就是從那個玄關離開，那麼大門鎖著不是很奇怪嗎？

不同於丈夫，我不認為布偶會有鑰匙……即使是沒受虐的活生生孩子，我也不認為父母會把鑰匙交給三歲兒童保管。

為了全方位從各種角度檢討，還是先假設唯唯惠人偶身上有鑰匙吧……即使如此，不知道如何打開門閂的「她」，也不可能知道防盜門的上鎖方法吧。

換句話說，大致思考的結論是唯唯惠人偶沒從玄關離開……而是從某個窗戶破窗逃離？但我剛才進屋的時候，感覺室內空氣和上次差不多，實在不像是有通風過的樣子……

「雖然逃離籠子……」

難道說，唯唯惠人偶……

還在這個家的某處？

014

說來難以置信，我即使看見籠子的扭曲外框，也沒推理到唯唯惠人偶才剛逃獄不久。沒猜到唯唯惠人偶或許還在家裡，進一步來說，也完全沒想像唯唯惠人偶躲在這間嬰兒房某處。

空蕩蕩的籠子裡確實無處可躲，但如果整個家都是舞臺，三歲兒童大小的布偶可以恣意躲藏。

我突然緊張起來。

考慮到水果刀也一起消失，緊張程度就加速度提升。能把籠子破壞到無法復原的人偶居然帶著刀，這是十足以上的威脅。

是威脅，也是恐怖。

假裝不在家的或許不是家住副教授，而是唯唯惠人偶……雖然逃出籠子，卻不知道怎麼打開玄關大門，後來也一直被關在屋內？畢竟三歲兒童的身高搆不到門鎖……既然能以蠻力扳彎鐵條，力氣肯定足以打破窗戶玻璃，不過三歲兒童是否知道玻璃這種物質就另當別論。

比如說，成犬據說擁有三歲兒童的智力，卻還是會經常撞到窗戶玻璃……雖然應該和「鏡像自我認知」的概念不同，但唯唯惠人偶即使對於透明玻璃沒有「打破」的想法也不奇怪。如同一般來說不會想將透明看不見的空氣「打破」……可惡，我毫無意義胡思亂想了。

我對於人偶逃亡嚇了一跳，卻沒想到沒過多久就輪到我思索該如何逃亡……只不過，如果不是膽小的我想太多，唯唯惠人偶真的還在家住家裡面，那麼就某方面來說，現狀也可以說是封鎖成功。

是專家口中的「結界」。

如果我在逃亡的時候打開玄關大門，這道結界將會解開……是沒錯啦，如果開門之後立刻關上並且鎖好，應該就不會出什麼差錯，但是無法保證絕對不會出事……在我準備奪門而出的時間點，逃犯或許會趁機搭這班順風車。

更重要的是在此時此地，感受到責任的我必須在密室，應該說在結界做個了斷……但是如果人偶早就已經逃走，我這種行為可不只是獨角戲那麼簡單。

以怪力扳開鐵籠的布偶，即使可以輕易穿牆，也不是嚴重到必須遭受批判的雙重標準。

我明知如此，還是必須將自己能做的事情做好……因為要是唯唯惠人偶在這時候逃離這個家，它的下落將無從得知—不，其實我心裡有底。

我心裡知道，受虐的「三歲女兒」應該會去找失蹤中的「母親」或是分居中的「父親」——伴隨著超乎預料的神奇力量。

所以我必須阻止。

如果它還在這裡，我不能放它逃走。

如果我有像是雷達那樣偵測怪異的技能就好了……忍肯定做得到吧……不過經過我張望四周徹底檢視，人偶看來不在這間嬰兒房。我為求謹慎看向天花板，人偶也沒吊掛在旋轉鈴上。

客廳以及副教授的寢室，我在進來的時候沒有檢視得那麼仔細，不過最可疑的果然是第三個房間嗎？分居丈夫的房間——還沒看過的這個房間，我鼓起勇氣踏入的時機終於到來了。或許人偶出乎意料在嬰兒床上睡得香甜，所以我也看了床上一眼，不過當然和籠子一樣空空如也。

不，嚴格來說不一樣。

籠子裡毋庸置疑是空的，不過嬰兒床是床鋪，所以內側鋪著毛毯……毛毯？

「唔！嗚……！」

我直覺不妙的時候已經太遲了。

從嬰兒床彈出來的毛毯，捲在我的脖子上。力道強到足以扭曲鐵條。

015

我先前將「布塊」掛在嘴邊，以某種角度來看就像在鄙視人偶的定義，如今我受到報應了。像是氣球藝術般製作而成的唯唯惠人偶，居然自行「解開」並且躲在嬰兒床上，這明明不算是什麼新奇的構想。

關於我欠缺顧慮的發言以及各種不足之處，改天我會好好寫一份和這本書差不多厚的反省文，不過經歷這種事態之後，阿良良木曆應該先寫的是警告文。

我並不是因為被毛毯狠狠勒住脖子而懷恨這麼說……因為，既然可以從三歲兒童的外型恣意變回平坦毛毯的形狀，就不需要刻意扳彎籠子逃獄吧？

只要從縫隙鑽出來就好。

解開形體變得扁平就好。

但是人偶沒有這麼做，原因在於當時做不到，這是最妥當的解釋……也就是說，人偶是在逃離之後獲得「毛毯化」的能力。

該說這是一種學習嗎？還是……一種成長？如同三歲兒童那樣。

這種成長速度，這種進步程度，以怪異來說的危險度超過S級。

雖說要加上兩個「前」，不過光是能這麼高明讓前怪異之王的前眷屬中計，只能說表現得非常亮眼。

若要解釋為人偶設下陷阱，一直等待某個願意教它如何打開玄關大門的傢伙若無其事進屋，我覺得終究是想太多了。我自以為有繃緊神經，卻完全缺乏危機意識。

所以我即使在這時候被勒斷頸骨也完全不奇怪，甚至可以說是極為適度的報應。能像這樣丟臉說出敗者的想法，只能說是意料之外的幸運。

不知道說來是否驚人，我現在是在籠子裡細細品味這份幸運。沒錯，就是一開始監禁唯唯惠人偶的那個籠子。

我現在被關在裡面。

我就這麼被老舊的魔法毛毯勒著脖子扔進籠。在我即將昏迷時解開的毛毯，改為層層纏在鐵欄被扳開的部位，然後軟化回復為原本的模樣。這大概也是從某處學習到的做法。

不知道是偶然還是蓄意，門閂的橫桿也在這時候一起被毛毯捲入，像是交纏在門上般扭曲變形，所以我無法離開籠子。

被關在籠子裡了。

順利成功讓獵物失去抵抗能力的毛毯，如今對我不理不睬，就這麼輕飄飄離開嬰兒房。

後來依照走廊傳來的聲音判斷，毛毯似乎打開玄關大門外出了……我害怕的事態輕易成真。

成為飛天毛毯之後，身高問題就順利解決，看來這個結界是只有鎖上大門的結界……也就是說，人偶不知道如何轉開門鎖而受困在屋內時，前來湮滅證據的我解開了這個封印。

我的天啊。

我進屋之後應該好好上鎖，甚至要掛上門鏈才對……不，從這種學習速度來看，即使我沒來，唯唯惠人偶也遲早會跑出這個家吧。

話說回來，受虐人偶離家出走嗎……

現在這樣就很能理解這種心情，被關在這麼小的籠子裡，當然會想逃走吧？

接下來必須思考的事情多到令我嫌煩，但我也得先從這個籠子逃獄才行……門閂變形卡住不動，（現在的）我也無法扳開鐵欄，真是的，沒想到我自己必須構思密室詭計。

我熱血沸騰興奮不已。

上次被監禁是一年前的事。

去年夏天，我曾經被剛開始交往的戰場原黑儀關在廢氣大樓。當時她姑且有幫我準備食物與水，不過這次無法期待這種東西。

毛毯逃走，屋主現在失蹤。

總覺得會陰錯陽差勉強撿回一條命，但我要是被關三天將會活生生餓死。

不曾受虐的人永遠不知道受虐者的心情，這種過來人的說法時有耳聞，但我居然會和唯唯惠人偶經歷相同的處境……

這是蓄意的嗎？是以牙還牙嗎？

若是這樣，我只能說她報復的對象錯了，就算這麼說，我也不能容許人偶對應該報復的對象進行報復。

我必須成為逃獄王。

幸好我有兩個草案。

草案一：叫醒忍。雖然太陽還高掛天空，不過正確來說不是吸血鬼而是吸血鬼渣滓的那個幼女，只要交涉得宜還是可以在白天活動。

草案二：打電話給神原或阿扇。幸好手機這個文明利器沒被搶走，也沒被破壞。我已經向阿扇提過這棟公寓的事，只要向熟知怪異（現在她們好像也在搭檔進行某些詭異的活動）的那兩人求助，她們不只會幫我逃獄，今後也會協助我搜索唯唯惠人偶吧。

雖然兩者都不差，不過這兩個草案的共通缺點是「非常丟臉」……要是她們看見我被關在動物籠子的這副模樣，應該再也不會尊敬我這個主人或學長吧。

一輩子都會被她們瞧不起。

或者是被捨棄。

或許各位會說「你這種無聊的尊嚴不關我的事」，但是如果沒有這份無聊的尊嚴，我無論如何都想把逃亡唯唯惠人偶抓回來的使命感也會消失。

若要在重要的午睡時間，或是在重要的學姊學妹交流會進行時叫她們過來，至少我必須自行逃出這個籠子。

真是的，我好想哭。

經歷地獄與惡夢，曾經穿越時光，消滅與拯救平行世界的我，如今居然絞盡腦汁思考如何逃出這個動物用的籠子……這終究只是鳥獸的牢籠，在偉大人類的智慧面前是無力的。然而被毛毯關在籠子裡的不是鳥獸，而是偉大的人類。總之我明明不是毫無勝算，在這個急迫的情境卻說不出虛張聲勢的話語。畢竟實際上我總是被忍看見更丟臉的一面……

不知道老天爺究竟是怎麼安排的，這間嬰兒房現在有一個裝滿假日木匠用具的工具箱。肯定是某個傻子為了湮滅證據而拿來修門的工具吧。

這個傻子接下來要做的事，和原本的目的完全相反——要使用工具破壞門。為了讓人類生活變得豐裕而開發的技術，卻在後世被用為戰爭兵器，這個現實和我的現狀相比似乎可以發人深思，總之這部分先擱在一旁。

我從鐵欄縫隙伸手要拿工具箱，可惜搆不到。腿只能向外伸到膝蓋部位。大腿就是因為大才叫做「大腿」。所以我稍微動腦之後決定脫掉褲子。

並不是認為大腿會因而變細，是要當成套繩。首先將褲子拿到籠外，穿出鐵欄縫隙的雙手抓住兩邊褲管，將褲子扔向工具箱。

挑戰第三次的時候，褲襠順利勾住工具箱，再來只要拉過來就好。

為什麼脫到剩下內褲在別人家做這種事？如果冒出這種想法就輸了……不過這時候覺得大功告成還太早。

重頭戲現在才開始。

我看看，特價兩千九百八十圓的這個工具箱裡……太好了，有線鋸！這樣就對了！我獨自喝采叫好，但可惜這是錯的。我開始動手才發現，用線鋸鋸斷鐵欄大概要五年的時間。

而且並不是鋸斷一根就出得去，這是真正逃獄王的手法。

那就運用螺絲起子，從基礎拆掉這個籠子吧……沒有組裝說明書的話應該不容易就是了……想到這裡的時候，我靈機一動。

工具箱底部有槌子。

DIY。

Destroy It Yourself。

五分鐘後，我成功完成逃離密室的詭計。以結果來說，比起在白天叫忍起床或是打電話給神原或阿扇，我花在逃獄的時間更短。

依照計算，我被關在籠子裡的時間甚至不到半小時，即使如此，還是有種強烈的解脫感。

甚至想把這份喜悅寫成歌。

這麼一來，現在的唯唯惠人偶不知道多麼亢奮……我不能老是沉浸在這種解脫感。

必須去追那條逃走的毛毯。

肯定還沒有跑太遠。我抱著一絲期待從玄關衝到戶外，但是各處都看不見毛毯或人偶的影子。

難道連電梯的使用方式都學會了？還是從安全梯……不，既然是飛天毛毯，這部分的程序都可以跳過。玄關前方的走廊朝向天空，唯唯惠人偶從那裡飛出去就自由了。

我不肯死心，從扶手探出上半身定睛注視，依然看不見隨風飛舞的毛毯……我姑且準備要在發現時大喊的「棉被飛走了」這句話，看來沒機會登場了。

即使如此也不能絕望，必須繼續行動。我像是受到焦躁感的驅使飛奔下樓。不是上樓時警戒防盜監視器的那種行為，是等不及電梯抵達的急性子使然。光是沒有從三樓朝著停車場跳下去就還算理性了。

然後，我就這麼沒決定目的地，準備跳上金龜車時……

「哇喔！」

我驚叫之後停下腳步。

即使陷入此等絕望，脫口而出的卻不是悲嘆，而是感嘆的聲音。我愛車的四個輪子都爆胎了。

應該說是慘遭爆胎吧……厚厚的橡膠被用力撕裂，輪圈幾乎完全外露。

原本想說總之隨便去個地方尋找飛天毛毯的下落，但是這麼一來我去不了任何地方。真有你的，唯唯惠人偶。

冒失沒搶走手機就把我關在籠了的十五分鐘後，確實奪走我行動力的這種判斷力……雖然目前不知道以何種方式判斷這輛金龜車是我的，不過那個三歲兒童的成長實在了得。

這傢伙的未來指日可待。

018

這種強橫作風比我想像的還要原始。

唯唯惠人偶不是鎖定我的金龜車爆胎，而是將停車場的所有車子爆胎。見一個殺一個的地毯式轟炸。

雖然沒確認，不過停車場裡的腳踏車輪胎應該也同樣被撕裂吧？

不是智慧犯的手法。

即使如此，從它只針對輪胎破壞的這種方式，還是明顯感受到成長。唯唯惠人偶並不是自暴自棄歇斯底里胡亂宣洩。

雖然粗暴，卻還是有方向性。

不過，要割破汽車輪胎的橡膠，我覺得比扳彎鐵欄還要費力……不只是學習能力提升，連單純的蠻力都持續成長嗎？

還是說它合理使用了利器……水果刀去了哪裡？現在是裹在毛毯裡被帶著一起走嗎……這是凶惡犯人攜帶利器的方式。

基於這個原因，金龜車被破壞的我為了還以顏色，立刻接通旁邊車輛的電流系統，一開始就將油門踩到底全速前進……這種老套橋段沒有上演。我免於成為偷車賊……不過現在可不能再說「湮滅證據」這種小家子氣的事了。

如今不再是不向臥煙求助也能收拾的狀況。會動的人偶，飛天的毛毯，無法掩飾的這種怪異登場，而且不是在家庭內部這樣的密室，而是在光天化日的停車場，犯下大型公寓住戶全都遭殃的大規模破壞行為。

目前事情還沒鬧大，不過可能有目擊者，即使要拜託忍以物質創造技能將所有車輛的輪胎復原，也不知道原本的輪胎是什麼樣子……順帶一提，即使只拜託忍修復金龜車的輪胎大概也做不到。畢竟現在日正當中，加上今年夏天特別熱，在入夜之前只能將我的愛車扔在這裡了……說到唯一的安慰，大概就是目前無人受害吧。

還沒有。

受害者嗎……

總之，被勒著脖子扔進籠子的我不能列為受害者……「受到虐待的孩子會成為虐待自己孩子的父母」這種說法不是出自別人，正是出自家住副教授之口，不過受到人類虐待，被人類從背後刺殺的人偶，到底會成為什麼樣的人偶？

就只會一直逃嗎？還是會去找「虐待的家長」或「殺害的家長」報復？無論如何，總之我最好也先離開現場。

平常沒看過的那個大學生，正是炫耀蠻力四處破壞輪胎的奇怪犯人。我被這麼誤解的話就吃不消了……所以，接下來該怎麼做？

移動到室內或是暗處，然後叫忍出來？還是打電話給神原或阿扇求助？逃離籠子之前我當然打算這麼做，不過唯唯惠人偶完全逃亡，我的寶貝車子也被破壞的現在，我變得比較冷靜，想法也改變了。

並不是因為受害慘重而茫然自失提不起幹勁……反倒是「必須想辦法解決」的想法愈來愈強烈。

正因為想法變得強烈，所以我認為比起忍，比起神原與阿扇這對搭檔，還有一個更適當的求助人選……畢竟在高中時代，我過度依賴忍之後下了地獄，在事件愈是可能演變成打鬥場面的時候，愈不能把那個幼女拖出來幫忙。

至於神原與阿扇，也只不過是曾經和怪異有所交集，或者自己就是怪異，實際上並不是這方面的專家……在這種伴隨生命危險的任務拖他們下水絕非我的本意。學姊學妹交流會也是到了現在這個時期才得以舉辦，這個學年度剛開始的那時候，幾乎快要釀成傷害案件……我不想妨礙。神原有神原自己的時代與戰鬥。

所以我明知會被批判獨斷專行，明知有被殺的風險，這時候還是應該再度拜託那名專家。

以牙還牙，以眼還眼。

以人偶對付人偶，以專家對付怪異。

雖然斧乃木始終是專門對付不死怪異的專家，不過如今很難將唯唯惠人偶稱為「換子」了。如果將那條毛毯視為唯唯惠投胎轉世，應該勉強包括在女童的專業領域吧？

老實說，即使扣除被殺的風險，欠專家人情也不是什麼明智之舉，所以某方面來說不方便委託專家做事，但是無論如何，若要收拾停車場的慘狀，我覺得必須請斧乃木居中和目前斷絕來往的臥煙聯繫，所以下定決心這麼做。

那麼下一個問題來了。

斧乃木現在究竟在哪裡？

之前還慶幸她沒坐在後座，不過事情進展到現在，我甚至希望她永遠待在後座。如果她沒在工作，差不多該回到月火房間了吧？既然這樣，我也從這裡搭乘大眾交通工具回家就好。

不對，說不定……

說不定正如我剛才的瞎猜，她這時候正在撫公——千石撫子的家裡？

017

真的在撫公家。這個定位情報對我個人來說最為不利。因為阿良良木曆無法接近千石家。

並非再怎麼樣都要規矩遵守昔日和那個騙徒的約定，這是和我自己的約定。甚至可以說是誓言。

現在事態緊急，所以確實不能計較誓言這種問題，但是關於這方面，甚至也超越了我個人尊嚴的問題。

就算扣除心情上的敏感度，實際來說，如果我遭遇千石，導致那傢伙再度成為神明，全鎮居民都會傷腦筋吧？斧乃木應該也是為了避免這種結果，才會經常跑去千石家……進退維谷的我後來做了什麼事，我就依序說明吧。

不過沒時間了，所以節奏要加快。

我搭乘進站的公車，在車上先寄電子郵件給月火，請她確認斧乃木是否已經回到房間……我完全忘記她正在外出進行尋找屍體的健行活動。

然而不愧是在昔日的火炎姊妹擔任參謀，我這個妹妹已經查出遺失布偶的下落。

「現☆在☆好☆像☆是☆在☆撫☆子☆那☆裡☆或☆許☆是☆上☆次☆去☆玩☆的☆時☆候☆借☆給☆她☆的☆☆☆☆☆」

……現在流行在電子郵件下流星雨嗎？如果是這樣，感染源就是日傘了……我的新朋友擁有非常強大的影響力，真是可靠……要不要向日傘求助算了？

應該不行吧。

看來即使是前參謀，也沒想到布偶居然是以自己的雙腳縱身一躍前往死黨家……斧乃木每次去見千石都會待很久，應該說遲遲不肯回來。

如果她是去忙別的工作還比較好。

暫時思索該怎麼做之後，我決定使用難免會被責難的手段……這麼做不只是欺騙斧乃木，也會欺騙千石。

這是有罪卻無害的謊言。希望各位放我一馬。

我行使身為哥哥的權力，命令月火寄電子郵件給千石。內容如下所述。

「我☆現☆在☆去☆找☆妳☆玩☆喔☆！☆☆☆☆☆」

說到能讓習慣久留的斧乃木早點離開千石家的唯一原因，就是千石的死黨月火去找她玩。正在健行的月火當然不可能現在去千石家玩，何況月火身為旁若無人的典範，不可能循規蹈矩先徵得同意再去對方家玩，不過稀世大怪獸來襲的這個緊急警報，怎麼可能有人視若無睹？

事情就是這樣。

「聽好了，鬼哥哥。這件事解決之後，我要殺了你。」

語氣變了。

而且我的死刑終於定讞，但是無論如何，我成功在阿良良木家的自己房間和斧乃木會合。這是久違的成功體驗。雖然我會死掉。

「你這傢伙終於無法區分哪種謊言能不能說了嗎？應該無法區分吧。去年春假拯救刃下心的時候就是這樣，和我交戰的時候，還有讓真宵姊姊歸西的時候也是這樣……」

她接連重提我過去犯的錯。

我只能正坐洗耳恭聽。

「話說回來，我和撫公玩扭扭樂玩得正高興的時候，你這傢伙偏偏以這種形式背叛我的期待……」

「扭扭樂……和屍體人偶玩扭扭樂，感覺沒什麼勝算。」

因為她真的可以隨意扭曲身體。

不對，要是繼續說下去，被迫扭曲的可能是我的身體。

「欺騙我就算了，欺騙撫公絕對不能原諒。罪該萬死。等到你讓高貴高齡者吸血化為不死之身，我要一直殺個痛快。」

高貴高齡者是怎樣……

角色設定回到相當初期的那時候了。

不過比起這個，她和千石的友情在我眼中是羨慕的對象。好羨慕撫子。

「雖然這麼說，但你說阿良良木月火會來卻沒來，令我心情快樂得不得了，在謊言之中算是最棒的謊言，所以我至少會手下留情不把你秒殺。說吧，不惜這麼想被我殺掉的原因是什麼？」

一如往常的平淡表情以及冷漠語氣，也只有現在令我覺得是暴怒的表現……實際上她現在應該火冒三丈吧。

我不知道斧乃木和千石建立何種關係，唔唔，沒想到她會氣成這樣……

雖然不想說得像是賣人情，但我不是也曾經買冰淇淋給妳吃嗎？累計到現在應該請妳五千圓左右了吧？

「還是說妳們的友情價值五千圓以上？」

「你這傢伙居然說得和貝木哥哥一樣。」

妳用最狠的話語臭罵我了。我就甘願接受吧。

我不想被斧乃木秒殺，所以據實向她說出我在家住副教授公寓體驗的「怪異奇譚」。我不認為這樣能獲得原諒，不過原本應該省略，我被關進動物用牢籠的那段丟臉過程，我也一五一十告訴她了。

但願她至少可以罵我「活該」發洩一下怨氣……

「……原來如此，是這種感覺啊。」

沒在中途殺我，聽我說明到最後的斧乃木如此點頭回應。氣沖沖的感覺還沒消失。

「妳說的『這種感覺』是哪種感覺？」

「『果然是阿良良木月火的哥哥』的感覺。」

這也是最狠的臭罵吧？

不，看來出乎意料是認真的。

「對於死出之鳥的見解，看來最好多加一些新的解釋。我之前說她不是依附而是同化，是占據，不過我感覺到超越血緣的相似度。仔細想想，至今沒有不死鳥和吸血鬼成為兄妹的實際案例，所以沒出現異常才奇怪。」

「…………」

我這麼做居然促使月火回復名譽嗎？那麼這也是出乎意料的演變。不對，無論斧乃木怎麼解釋，到頭來只要影縫的想法沒變，就無法確保不死鳥的安全……即使如此，我還是覺得前進了一步。

我已經確定會在今天死亡，不過月火說不定可以活下去。

「所以不是鬼哥哥，而是不死鳥哥哥吧。去年夏天，我一直詫異姊姊為什麼放過阿良良木月火，不過或許是因為早就看透這一點吧。」

「嗯？我很難認為那個人有這種想法……那時候只是因為我丟人現眼才會放過我們……」

「誰說你可以反駁了？」

我的言論自由不容分說被封鎖。

好恐怖。

看來她暫時不會消氣了……我才應該反省，早知道就不要胡思亂想，率直向忍求助就好。

不過，我已經沒有退路。

身為哥哥，我也好奇死出之鳥有什麼新的解釋（不一定只有好的方面，到頭來或許會以此為理由再度將妹妹列為肅清對象），但是現在比起不死鳥，受虐人偶的問題才是當務之急。

「拜託了，斧乃木小妹，算我求妳。算我求妳——求妳可憐我。唯唯惠人偶逃走是我的責任，我想阻止更嚴重的被害。雖然不能斷定飛天毛毯的目標是失蹤中的家住副教授或分居中的丈夫，不過至少要提前警告一聲，光是做到這一點就不一樣吧？」

「鬼哥哥真是善良的好人。」

好強烈的諷刺。

昔日羽川對我這麼說的時候，我沒能好好收下這句話。

「成為好好的一個大人之後居然繼續當好人，我好驚訝。」

「……不算是好好的一個大人喔。我還只是大一學生而已。」

「感覺你到了一百歲都會說一樣的話。說你還只是一百歲而已。」

被使用一百年的付喪神對我這麼說，說服力真是不一樣……不過我剛才已經註定享年十九歲，所以活不到一百歲就是了。

簡直是站在火山口旁。

或者是刀山上。

「好啊，我就接下這份工作吧。無論解釋得再怎麼牽強，也實在稱不上是我的專業領域，不過鬼哥哥，簡稱鬼哥的鬼哥哥，你說那是代替女兒的人偶，所以算是投胎轉世的不死之身，這個莫名其妙又牽強的個人論點，我就採用吧。」

「啊……是嗎？」

明明剛才氣成那樣卻願意協助，我感到意外……是同情我這個將死的人嗎？帶進墳墓的伴手禮？如果這是不受情感左右的專家立場，那麼我選擇斧乃木當搭檔的決定是對的……但是事情應該沒這麼單純。

確實，這件事無論怎麼解釋都不是斧乃木余接的專業領域。不過同樣是擁有意志的人偶，斧乃木或許不能無視於唯唯惠人偶吧。

無論理由為何，這都是一劑最好的強心針，感覺終於看見一絲光明。即使這道光明是即將熄滅的最後燭火。

「謝……謝謝。斧乃木小妹，妳救了我。」

「這時候引用忍野哥哥的臺詞或許很帥氣，不過鬼哥哥，你連自己都救不了喔。你沒救了。」

「……哈哈，嘿嘿嘿。」

「還敢笑。不過既然是工作，必須請鬼哥哥支付相應的保證金才行。」

這方面的程序真的和忍野一模一樣嗎……我曾經欠那個夏威夷衫大叔高達五百萬圓的債務，沒想到成為大學生還必須背負這種貸款……大學生也適用學生優惠嗎？我心愛的老倉育就是背負著名為獎學金的債務度過大學生活，沒想到我在這種地方也和她踏上同樣的路，看來兒時玩伴的孽緣會一直持續下去。

以最壞的狀況，可能必須賣掉金龜車吧。我懷抱緊張的心情聽下去。

「那麼，五千圓喔。拜託了。」

斧乃木公布價格。

「咦？五千圓？這是什麼跳樓價……難道是通貨緊縮了？」

「是朋友價喔。我和鬼哥哥的友情，應該也有這種程度的價值吧……你去幫忙修理我踢壞的門，我還是心存感謝的。放心，我會讓你分期付款。每天付我一百圓吧。」

「…………」

雖然她並不是已經息怒，不過執行死刑的時間，看來延後大約五十天了。

018

斧乃木接下來的行動非常迅速——和慢吞吞的我明顯不一樣。截然不同。

斧乃木剛才挖苦說我是善良的好人，但我如果真的是善良的好人，在家住副教授失蹤的時間點就會正式開始搜索了。

這可不是小學或國中女生失蹤，是大學老師這種「好好的一個大人」基於自己的意志銷聲匿跡，我才判斷不應該貿然追查，然而自作聰明的這個判斷，果然只是大人的判斷。

是孩子所做的「大人的判斷」。

那段屢屢犯錯的高中時代，我當然必須反省，但是全盤否定當時不顧後果的作風也是錯的吧。

這次就錯了。

總之，包括斧乃木的監視或是我和忍的關係，我基於某些隱情無法和那時候一樣，不過只在今天稍微回到從前吧。

不是為了從頭來過。

是為了新的開始。

「逃走的受虐人偶，鬼哥哥直接判斷它下一個目標是『父母』，這我覺得應該沒錯。畢竟也沒別的事情可做。」

「…………」

「所以我舉雙手贊成預先保護兩人的方案。受虐人偶的成長速度值得警戒，不過如果是剛出生不久的現在應該還能壓制。」

「嗯……問題是要怎麼比唯唯惠人偶先找到家住夫妻。失蹤中與分居中……兩人各自下落不明。」

「這個說法也可以套用在受虐人偶那邊。對於受虐人偶來說，它的父母現在也是人間蒸發。不過那對夫妻偏偏是受虐人偶的『親生父母』，即使人偶以歸巢本能之類的搜尋能力輕易找到兩人也不奇怪。」

《尋母三千里》那樣嗎？

總之，精準發現目標的技能，對於怪異來說沒什麼好稀奇的……說個立場相反的例子，我還是姬絲秀忒．雅賽蘿拉莉昂．刃下心眷屬的那時候，那傢伙總是清楚掌握我的行蹤。

「放心，既然對方有搜尋能力，這邊就動用調查能力吧。」

「調查？」

「我很擅長調查喔。不過鬼哥哥都把我說得像是破壞魔。」

居然記恨這麼久。

我忍不住想哀號了。

正確來說是「破壞神」才對。

「『調查』或許和『例外較多之規則』並列為妳的拿手絕活，不過職場同事或朋友用盡方法都找不到家住准教授，我們要怎麼找……」

「大家都和鬼哥哥一樣覺得是『大人的失蹤』，我認為他們應該不會認真用盡方法尋找……假設妻子不好找，不過丈夫就未必吧？」

「唔……」

「應該找得到丈夫吧？因為他只是分居中，並沒有消失。即使不再和妻子來往，也沒有和周圍的斷絕關係才對……肯定也聯絡得上。」

對喔……

我不小心就把兩個人放在一起思考，不過如果要個別調查，這位丈夫應該比家住副教授容易。不同於瑞士出身的家住副教授，丈夫的痕跡肯定比較好找。

假設家住副教授已經回到瑞士，現在丈夫或許比她還要危險……飛天毛毯終究要好幾天才能抵達瑞士吧？

「只不過，忍野扇曾經暗示鬼哥哥，從受虐人偶背後行刺的是丈夫，這個推理我無法同意。」

喔……關於唯唯惠人偶背上的那把刀，斧乃木第一次提出見解。

確實，丈夫可能和這件事完全無關……如果他沒一起虐待唯唯惠人偶，唯唯惠人偶就沒有鎖定他的理由，我們尋找他並且保護他的行為，將會變得毫無意義到可悲的程度。

「以布偶的立場，離家分居的行為本身或許就可以解釋為被父親『虐待』，所以不能說毫無意義喔。」

「咦咦……？如果把這種事說成虐待，不是會沒完沒了嗎……？」

「確實沒完沒了喔。你為什麼覺得有完有了？」

「…………」

夫妻分居屬於基本人權的範圍，要是這麼做就被責備是虐待，再怎麼想也太過火了……不過如果我是這對夫妻的孩子，果然會忍不住想抱怨幾句吧。

如果是在懂事之前，是在明理之前，那就更不用說了。

「而且失蹤的老師也可能藏匿在分居中的丈夫那裡。即使這是過高的期待，丈夫或許也猜得到妻子在哪裡吧？就算丈夫不是『兒童殺人犯』或是沒被人偶鎖定，把他找出來還是有意義的。」

「嗯……我沒異議。但是具體來說要怎麼做？去問大學裡的人，好歹會有人知道丈夫的下落嗎？研究室的負責人或許曾經受邀參加他們的婚禮……」

雖然不知道是否舉行過婚禮，不過就從這個方向調查吧。為此必須找到和我不同，也就是會和老師們深入交流的學生協助……要走這條路線的話，黑儀應該比命日子合適。

我的女友和我不同，確實擴展著自己的人際關係。

「不需要繞這種遠路，應該有更簡易的方法吧？」

「嗯？什麼方法？」

「第三道門。老師家有一道還沒打開的門吧？最深處的那個房間，依照你的猜測應該是丈夫使用的寢室兼書房吧？」

啊啊……對喔，說得也是。

當時我原本要調查，卻突然被躲在嬰兒床的毛毯偷襲。

丈夫離家時應該帶走不少東西，然而如果不是正式搬走，或許還留著丈夫去向的線索。如果查得到老家住址或是工作地點就勝券在握。

即使在那個房間找不到任何東西，寄給丈夫的信件也很可能收在家裡像是櫃子之類的場所。說真的，只要連冰箱或垃圾桶都翻一遍，即使找不到丈夫本人的照片，至少也查得到名字吧。

不過，雖然這麼說……

「斧乃木小妹，抱歉我想說一下，我不太方便回到那棟公寓……畢竟差不多會有住戶察覺停車場車輛全部爆胎而驚動大家了……」

以最壞的狀況來說，那場大規模的「惡作劇」，警察或許已經收到通報，將整棟公寓封鎖了吧？雖然不覺得已經發布通緝令，不過掛著車牌的金龜車停在那裡，要查出我這個車主並非難事。

「我覺得你想太多了，而且這部分我會好好想辦法請臥煙小姐處理……不過鬼哥哥，你忘了嗎？我除了破壞與調查，還有另一項身為道具的功能。」

「另一項……？是……是什麼功能？」

這是攸關她身為道具立場的敏感部分，我一想到千萬不能答錯就無法立刻回應……不過說到斧乃木的第三個功能，絕對是那個沒錯吧。

或許應該說是第一個功能。

斧乃木點了點頭。

「移動。高速移動。為了避免被任何人看見，使用『例外較多之規則』從這裡直接跳過去，再從陽臺入侵就好吧？」

「啊……」

原來有這一招——活用斧乃木的爆發力抄捷徑。

若說唯唯惠人偶是飛天毛毯，斧乃木就是飛天屍體，這樣就能解決問題了。

任何監視網都鑽得過。

順帶一提，說到我為什麼想不到這個點子，因為如果是吸血鬼時代就算了，要是以現在十九歲的血肉之軀配合斧乃木的高速移動，我不可能平安無事。

至少也會出現失溫或缺氧症狀。

依照移動時的高度，即使全身冰冷窒息而死也不奇怪。斧乃木能夠面不改色採用這種粗暴的移動方式，始終因為她是屍體，是人偶。

不過事到如今不管三七二十一了。明明是氣溫正高的盛夏，我卻盡量穿上厚重衣物，甚至從衣櫃最深處找出滑雪帽戴上，然後緊緊抱住斧乃木。

熱烈的擁抱。

因為另一個有力的死因，就是我手滑摔死……我連手套都戴了，所以更不在話下。

為了預防缺氧，可以的話我想要隨身氧氣罐，但我不像神原是運動選手……房間沒有常備這種東西。現在也沒空去買或借，所以我乾脆使用最簡單的做法，也就是下定決心停止呼吸一分鐘。

「如果只是一下子，你就算化為吸血鬼，我也可以放你一馬啊？雖然我不原諒你欺騙撫公，不過這種程度沒關係。」

雖然猜不透其中的基準，不過斧乃木這個建議或許是她身為監視者的陷阱，所以我慎重拒絕。就在我難得一次換上這身行頭之後……

「『例外較多之規則』。」

斧乃木發動這一招了。

019

然後，各位認為第三次造訪公寓的我，在三房兩廳住家的最後一個房間，好不容易取得家住副教授丈夫的個人情報，連喘口氣的時間都沒有，隨即像是三段跳般立刻去找他？去警告他說「飛天毛毯正在找你或是你的妻子」這樣？

然而天不從人願，事與願違。

名為「我」的這部公路電影，並不是以這種好萊塢的風格編寫劇本。話說在前面，我很喜歡好萊塢電影。商業電影萬歲。貢獻票房收入是我的生存價值。明明懷抱這個願望，卻總是演變成「為什麼會這樣」的結果。

究竟發生了什麼事，請容我娓娓道來。

直到我們抵達333號室陽臺都很順利……嚴格來說，在這個時間點也稱不上順利。

因為正如預料，我上氣不接下氣。

關於溫度與氧氣的對策還算奏效，但是面對高速移動伴隨的空氣阻力，我實在毫無防備……感覺像是全身各處都被毆打，體力明顯消耗。

在我像這樣渾身無力的時候，斧乃木一拳打破窗戶玻璃……看來這孩子的第一個功能果然不是移動，是破壞。

或許是決定要交給臥煙收拾善後，因而變得毫不猶豫破壞住家……不，從她踹開第二道門的時候就沒有半點猶豫了。

不過，她打破窗戶的房間是客廳，看來並不是完全沒有自己的考量……畢竟包括家住副教授的寢室以及問題根源的嬰兒房，能調查的地方都要確實調查。要在玻璃四散之前調查完畢。

然而最優先的調查對象，果然是最深處的房間。我與斧乃木這次真的完全是非法入侵屋內（補充一下，為了避免被飛散的玻璃碎片刺傷，我們沒脫鞋），前往該處。

然後打開第三道門。

不同於第二道門，這道門沒上鎖。應該說第三道門本身就沒裝鎖，所以破壞神也終究沒拆掉這扇門。然後我們在房內終於發現的東西是……丈夫的薪資條？戶口名簿？整疊的賀年卡？紀念郵票的集郵冊？擺放在書櫃的珍本？標示財寶位置的地圖？網路社群的帳號？

絕對不是。

我們在這裡看見的，是洋溢手工氣息的自製布偶。就某方面來說，由於不久之前才看過，所以沒特別新奇，甚至也可以說不值得驚訝。

然而，並非完全相同的重複光景，使我不得不倒抽一口氣。首先，這個布偶不是在籠子裡，而是躺在床上。

而且不是以毛毯製成，上半身是被子、下半身是褥子製成……氣球藝術也有使用兩個氣球製成的作品，總之就是這種感覺。

換句話說，體積相對比較大。

不是三歲兒童的大小。

在床上裸露床墊仰躺的布偶，是所謂的大人尺寸，而且是成年男性的平均大小。

臉孔一樣是「へのへのもへじ」七個平假名。是的，和那天看見的唯唯惠人偶相比，相似到簡直像是「親子」。

包括氣球藝術……應該說被褥藝術的這種製作方式，感覺得到兩者造型有共通點。如同分別閱讀《心》與《暗夜行路》之後，會覺得是同一個作者的著作。

「鬼哥哥，你真的有考上大學嗎？《心》與《暗夜行路》的作者不同喔。」

是嗎？

我一直併在一起記成《暗夜心路》。

不過基於這層意義來說，兩者還有別的差異點。關於這部分，不只可說是差異點，或許同時也應該視為共通點——水果刀。

發現唯唯惠人偶的時候，水果刀是插在背上所以沒能立刻視認，不過這次就像是特別以易於看清為優先，水果刀插在臉部中央。

一刀插入。

完全看不見刀刃部分，連握柄也插入一公分左右……以「へのへのもへじ」來說，剛好是在「への」與「への」之間，也就是深深插在眉心。

即使水果刀的刀刃不長，也覺得可能貫穿頭部之後固定在床上，刀子就是插得這麼深……以那種角度將利刃插入那種部位，即使是吸血鬼也會死一次。

那麼人偶呢？

床上被刺殺的軀體。躺成大字形，動也不動……人偶當然不會動，嗯，雖然不會動……

「如果視為成年男性的人偶，這應該是鬼哥哥所命名『唯唯惠人偶』的『爸爸人偶』吧？」

斧乃木如此斷言。

爸爸人偶。

如果是我，至少要三天才能鼓起勇氣做出這個結論，但她果然是專家，這種程度的現場已經見怪不怪。

「不不不，我相當害怕喔。坦白說，我覺得不舒服。我雖然面無表情卻不是無情。上次追尋小隻骨感妹而調查紅口家的時候也差不多，只要接下鬼哥的委託總是會發生這種事。不愧是虐待兒童的專家，不會讓我無聊。」

「這個人偶可不是我製作的喔。」

「那麼是誰製作的？」

「…………」

是誰……如果和唯唯惠人偶的作者同一人……那麼嫌疑最大的莫過於家住副教授。這麼一來會變得如何？

會成為哪種「不舒服」的結果？

關在嬰兒房籠子裡的唯唯惠人偶也令人毛骨悚然，不過該怎麼說，只要視為布偶就還算可以接受……換句話說，是那種小小的體型。

不過，躺在這個房間的爸爸人偶，有一種截然不同的詭異氣息……其中一大理由在於它巨大到無法忽視。

大大的體型就這麼成為大大的理由。

這種等比例的人偶，只會在某些活動場合看見……與其說是布偶，看起來幾乎是假人模特兒了。

而且不是服裝店裡那種模特兒，是那個……在宣導車禍危險性的影片裡，坐在汽車駕駛座的那種模特兒。車子接下來會狠狠撞牆，沒繫安全帶的這具模特兒會從擋風玻璃噴飛車外……我明顯感受到這種危險性。

「但我覺得像是殺人事件現場的驗證喔，鬼哥哥。應該看過吧？在名偵探的解謎場面，以模特兒代替被害者重現真凶的一大詭計。」

原來如此，她的舉例比較適當……因為實際上爸爸人偶並不是即將出車禍，而是已經被水果刀刺穿臉部。

是已經發生的往事。

無法挽回的往事。

我重新看向床上的人偶。老實說我很想瞇著眼睛看，但還是鼓起勇氣睜大雙眼仔細看……體型果然是成年男性吧。換句話說，看起來不像女性人偶。哎，我家的大隻妹身高或許和這個差不多甚至更高，不過即使從骨架來看，應該也是以男性的形象製作的。

明明是矮矮胖胖的布偶，要談論骨架也很奇怪就是了……可惡，大概是高速飛行的後遺症，想法沒能順利整合。思考的時候需要氧氣。

而且好熱。

繼續穿厚重衣物已經沒意義，所以外套就脫掉吧……回過神來才發現自己汗流浹背，不過大約一半是冷汗……腦袋連這種事都無法好好思考，原因果然是缺氧嗎？

「水果刀和插在受虐人偶身上的那把一樣。不是同款商品的意思，完全是同一把。」

斧乃木剛才說得謙虛，卻真的像是在驗證現場般平淡分析。哎，斧乃木不需要氧氣，我甚至懷疑她是否有在呼吸。

不過……完全是同一把？完全？

唯唯惠人偶身上水果刀的下落，我並沒有特別在意，頂多只擔心是不是被飛天毛毯裹著一起飛走……原來是在隔壁房間？

插在爸爸人偶身上？

「……確定沒錯嗎？就我看來是量產品啊？」

「留在握柄的指紋位置，和之前看見的水果刀一樣。」

「斧……斧乃木小妹，妳可以做這種解析嗎？」

妳的眼睛是ＡＬＳ鑑識燈嗎？

「騙你的啦。握柄根部刻著批號，數字是一樣的。」

居然說是騙我的。

不准裝可愛瞞混過去。

明明光是記得批號就夠厲害了，謊稱能以肉眼解析指紋實在過於誇張，害我白白佩服了一下。

既然要自稱道具，就別打這種誇大不實的廣告。

可是……她說批號……？

「那把刀應該不錯喔。瑞士製造的。或許是名匠親手打造，附序號的限定產品？」

真的假的？我剛才還說是量產品……

沒化為吸血鬼的現在，看不見指紋是在所難免，但我對於毫無眼光的自己感到失望。

不過，住在這種優質公寓的大學教師，與其使用廉價的水果刀，確實更適合使用高級一點的刀。瑞士刀具就是這麼聞名。我雖然接受這種想法，卻也因為能接受而露出難色。

「斧乃木小妹，這樣不是很奇怪嗎？插在唯唯惠人偶背上的水果刀，同時也插在隔壁房間爸爸人偶的臉上，這種事不可能吧？」

「以微觀量子理論來說並非不可能。」

「居然賣弄這種小知識……」

「即使單純推論也並非不可能喔。我們並不是看見刀子同時插在兩具人偶身上吧？只要從背上抽出刀子再插進臉部就好。」

量子理論變得像是血腥推論，總之無論如何，以邏輯來說確實如此。不過問題在於必須有人負責這個抽插行動。

屋主下落不明，我被阿扇引導而懷疑是「殺害」唯唯惠人偶凶手的那位丈夫則是……

丈夫是爸爸人偶？

慢著慢著，先不論誰是犯人。

不論是妻子、丈夫還是其他人。

也就是說，這個「刺殺犯」刺殺籠子裡的唯唯惠人偶之後暫時離開，等到我們目擊遇刺的唯唯惠人偶，又回來從唯唯惠人偶背上抽出水果刀，插在隔壁房間爸爸人偶的臉上，然後再離開……喂喂喂。

雖說「真凶會回到現場」，但哪有人會這樣來來回回到處行動反覆行凶……

「啊！不……不是的，斧乃木小妹！我確實來回這棟公寓三次，但是凶手不是我！拜託相信我！」

「我沒懷疑。鬼哥在這種狀況還能開玩笑，雖然難以置信，不過我喜歡。」

她對我示好了。

但我並不是在開玩笑……因為在這種狀況，嫌疑最大的確實是我……是我為了捉弄斧乃木的惡作劇。沒注意到水果刀的批號，很像是我會犯下的疏忽。

「我知道自己不是凶手，不過這正是我想得到最像嫌犯會說的臺詞。」

「若要這麼說，也可能是我的惡作劇。用來陷害鬼哥哥的惡作劇。」

「為了陷害我……？妳不是喜歡我嗎？」

「我對你的討厭大概比喜歡多一百倍左右喔。這種事不重要，不過頭號嫌犯不是我，也不是鬼哥哥，甚至不是屋主老師或是丈夫。」

「啊？不然是誰？」

「是受虐人偶吧？因為它會到處行動。」

……啊啊。

原來如此，這也要分開思考。

就算凶器是同一把水果刀，刺殺唯唯惠人偶背部的凶手，也不一定就是刺殺爸爸人偶臉部的凶手。而且「被害者＝凶手」的這種構圖，在推理作品是比三重密室還要基本的手法。

不過被害者是人偶，所以甚至不必假裝自己死亡，這種手法很創新……從我們那天離開公寓到今天的這段期間，唯唯惠人偶從自己背上抽出水果刀，將隔壁房間的爸爸人偶「殺害」？

「……唯唯惠人偶與爸爸人偶，你覺得可以認定是同一個人製作的嗎？」

「看起來像是這樣沒錯。」

製作氣球藝術風格布偶的人，和畫上「へのへのもへじ」這張臉的人或許不是同一人。這是阿扇提出的假設，總之不管製作者是一人還是兩人，即使是更多人合力完成都暫時不重要……總之爸爸人偶不是唯唯惠人偶製作的。

爸爸人偶原本就在這個房間。

仰躺成大字形。

然後被刺殺。

「復仇……？是這麼回事嗎？我想想……」

驚濤駭浪的演變害我差點忘記，我來到這裡是要尋找線索，藉以找出分居中的丈夫——為了保護可能已經被唯唯惠人偶鎖定的他。

然而為時已晚，力有未逮，復仇早就已經完成了？就在隔壁房間？以布偶為對象？

為了報復從背後刺殺的卑鄙行徑，所以注視對方的雙眼朝臉部捅下去。不過注視與被注視的雙眼都是「へのへの」的平假名。

「啊……還是說，這難道是預演？為了向父親復仇的……」

「鬼哥哥，你這個想法非常無能又可愛喔。」

斧乃木就這麼面無表情雙手抱胸，像是落井下石般詢問無能又可愛的我。

「叫做『父親』的人物存在於這個世界嗎？『分居中的丈夫』實際存在嗎？這位知性老師真的有結婚嗎？」

020

不知道到哪裡為止是真的，也不知道從哪裡開始是假的。這種模糊不清的環境，我肯定早就已經待習慣（折騰習慣？）才對，但是聽到斧乃木這麼問，我嘗受到腳下地面逐漸崩塌的感覺。

不只是腳下，還有至今累積的某種東西。

我去過鏡之國，去過平行世界，也去過地獄，最近還去過天堂這種場所。

不過，像是迷失在他人妄想的這種感覺，是我至今未曾體驗的詭計。這種恐怖和怪異現象截然不同。

我晚了好久才開始確認333號室第三個房間內部的全貌……至今只注意到無論如何都吸引目光焦點的那張床，但是不能忘記我原本即使缺氧也要飛來這裡的目的。

為了尋求丈夫的個人情報。

丈夫、老公、父親、爸爸——為了查明連本名都不知道的某個匿名人物。

不過，包括氣派的書桌、設置在一旁的小書櫃、附設的衣櫃、角落的音響組合……或許是因為我有先入為主的觀念，但我完全感覺不到房間主人的個性。窗明几淨也要有個限度。

感覺不到個性，或者是人性。

就像是看見電視連續劇的布景……沒有生活感。不過既然正在分居，那就沒在這裡生活，所以當然不會有什麼生活感吧……

剛才一進入房間，內部給我的印象就像是車禍測試或是命案現場驗證的模擬場景，難道這就是原因嗎？不只是床上的遇刺人偶，整個房間都是以這種形象打造……從這層意義來說，這裡和嬰兒房大異其趣。

在隔壁房間，我感覺到愛情的殘骸。

即使是殘骸，愛情就是愛情。

然而，在截然不同的這個房間，我感覺不到這種情感，甚至感覺不到年代。

是的，我感覺到無情。

斧乃木說的那種感覺。

我的感想可靠到什麼程度就是另一個問題了……上鎖的第二個房間以及沒上鎖的第三個房間，從我站在走廊開門之前就已經顯現差異……無情。

「說到《悲慘世界》，我在倫敦看過音樂劇喔。」

斧乃木說。

這次她展露的英式氣息特別強烈，這孩子該不會真的參加過滑鐵盧戰役嗎？

不只是百年前的程度吧？

「補充一下，之所以感覺不到任何殘骸，應該是因為這個房間各處打掃得乾乾淨淨。嬰兒房也整理得宜，卻有一種塵土味。之所以沒有亂七八糟，推測應該是平常就扔著不管。反觀這個房間給人的印象是有在定期打掃。」

聽說屋子如果沒人住，很快就會受損……這間寢室有細心照料以免受損，嬰兒房卻沒有嗎？

即使沒有生活感，也有清潔感？

第一個房間——也就是家住副教授的房間，沒給我這兩種印象。和走廊或是客廳一樣，屬於「別人家」的範疇。

「是雇用了家管員嗎？感覺找不到個人情報。書櫃的藏書看起像是書店商業書籍的排行榜，甚至不知道這個房間的主人究竟有在做什麼事。」

有在做事的人，或者是沒在做事的人。

有人，或者是沒人。

剛才我脫口說這裡像是電視連續劇的布景，但如果是這樣，那麼這個設定可以說一點都不周到……表面看起來完成了，實際上卻是隨便又粗糙。由此看來，我不認為這齣戲的角色已經設定完成。高級家具看起來花了不少預算，其中的漏洞也因而更令我在意。

像是抓傷般的漏洞。

「真要說的話，很像是間諜的據點。父親不是偵探，而是密探嗎？所以接下來要進行一場騙局了。」

「斧乃木小妹，妳是正經這麼說的嗎？」

「完全不是。」

不只是匿名性很高的程度。

不過，如果家住副教授的丈夫不是匿名人物，而是虛構人物呢？

雖然第二與第三個房間有各種差異，不過既然女兒是虛構的，那麼父親即使是虛構的也不奇怪。

不對，其實很奇怪，但為了以數學手法寫成「故此命題為偽」證明確實很奇怪，所以先假設不奇怪……那麼家住副教授當時對我說的自身來歷，到底從哪裡開始是假的？

到了這個節骨眼，我不忍心斷言一切都是謊言……總之「分居中」是假的。因為丈夫就睡在這裡。即使是人偶。即使現在被刺殺。即使被三歲的女兒刺殺……即使這個三歲的女兒是人偶……家庭內分居也是分居的一種，以前寫下這句細部註釋的是我嗎？

不過，這種像是「我沒說謊」的敘述陷阱，在現實世界是否可以寬容接受就很難說了……唔唔。

嬰兒房的愛情殘骸。

至少女兒在滿一歲，或者是滿兩歲為止的期間，有在隔壁房間「生活」過的痕跡……如斧乃木所說，我們不確定她後來怎麼了，「因為她以某種形式死亡，唯唯惠人偶才會被製作出來」的這個推測也有其正當性。

「……但是無論現在幾歲，無論是死是活，以生物學來說，既然有女兒就一定有父親吧？」

「應該有父親，卻不一定是丈夫或老公。」

這個女童說得真是實際。

哎，以生物學來說確實如此。比複製人的可能性來得高。

不過，擁有瑞士國籍的家住副教授，是在移居日本時和日本人丈夫結婚才得到居留資格……啊啊，但這件事也不一定是真的。

如果大學教師失蹤的內幕，其實只是因為被發現非法居留而強制遣返，只能說這是令人由衷失望的悲劇真相……然而如果真是這樣，我不認為雇用她的大學校方會刻意公開這件事……

感覺會在大組織的內部處理掉。

「如果是驚動入境管理局的事態，這間333號室早就有人闖入調查了吧。既然這種遇刺人偶躺在這裡，肯定就不是這麼回事。」

「嗯……確實，目前闖入的只有善良市民與屍體人偶。」

但是即使如此，家住副教授沒結婚，換言之沒有居留資格非法滯留的可能性還在。非法滯留被發現之前就逃亡失蹤的可能性也還在。

我不是法學系，不知道這方面的法律嚴格來說是怎麼寫的。啊啊，在高中時代，這種法律解釋只要問一下智者羽川就知道了。

不過我可以說一個事實，剛才從陽臺入侵的時候，我戰戰兢兢偷看了一下，就連停車場車輛大量爆胎的事件，似乎也還沒驚動調查機構……

「我說過，製作死去孩子的布偶一直抱在懷裡的這種故事，是很老套的催淚戲碼。」

「有說到這種程度嗎？斧乃木小妹，妳這樣扮演壞人也太假了吧？」

「但如果是製作不存在的丈夫布偶並且一起生活，就不能整天以淚洗面了。如果是勸她接受心理輔導，以應該採取的手段來說不太夠力。」

「確實……當年智者羽川前往海外之後，我某段時期也因為過於寂寞，拿出以前剪斷的羽川麻花辮當成她本人商量煩惱，我現在也覺得那時候有點病態。」

「不准再找我說話。這不算是很久以前的事吧？不是『那時候』而是『這時候』吧？比起把麻花辮當成她本人，你把麻花辮帶在身上才是更恐怖的事。」

斧乃木這麼說——唔，等一下，這部分又如何？

我遺漏了某件事。

應該說，我至今沒想過這個問題……無論是唯唯惠人偶還是爸爸人偶，為什麼是以寢具製作的？

毛毯。被子與褥子。

畢竟其他的問題點太多，像是氣球藝術的成品模樣也隱約有種說服力，但是一般來說不會拿棉被製作布偶吧？

我不是手折正弦那種人偶師，所以無法說得斬釘截鐵，但這至少肯定不是普遍的做法……

「如同我將依戀的麻花辮當成羽川，對於家住副教授來說，這些棉被也是連結到家人的關鍵物品嗎……？」

「可以不要從噁心的告白察覺重要線索嗎？鬼哥哥你真的已經有選舉權了？……不過考慮到毛毯原本躲在嬰兒床，你這個察覺本身不算完全落空吧。」

依戀……情懷。

因為遭受虐待而且被殺，唯唯惠人偶才開始動起來。這是我至今的解釋。但是如果在這之前，那條毛毯本身就有怪異誕生的理由……那麼，爸爸人偶呢？

被子與褥子呢？

「總之，先殺掉吧。」

斧乃木不帶情感這麼說，所以我作勢警戒。還以為本應延期的死刑因為我坦承新的（噁心的）罪狀而突然執行，不過她行刑的對象不是我。

「雖然目前好像只是普通的布偶……但如果連這具遇刺人偶都動起來，那可就天翻地覆了。為求謹慎，我用『例外較多之規則』將布偶連同水果刀打碎吧。有異議嗎？」

「不……」

老實說，破壞人形物體的這個決定，令我在生理上有所抗拒……但是想到即使成為扁平毛毯依然襲擊我的唯唯惠人偶，我覺得並不是只要把被子與褥子解開就好。

家住家的隱情依然成謎，不過正因如此，既然不知道布偶化為怪異的原因，爸爸人偶這邊先下手為強肯定沒錯。

斧乃木不惜動用超必殺技，也就是害我剛才缺氧的「例外較多之規則」，我覺得下手也太重了（這種招式可以在室內使用嗎？），不過既然要動手就要做得徹底，這是我這個好夥伴的原則。

應該會連同床鋪一起破壞吧……剛才打破窗戶玻璃，之前還踹倒門板，斧乃木的破壞神作風沒有極限。

「可是，真的沒問題嗎？只是破壞床鋪就算了，要是貫穿地面終究不妙吧？畢竟樓下應該也有住人……不是布偶的某人。」

「沒問題。我想測試最近想到的新招式。」

「新招式？」

「是變化型。為了將破壞範圍縮減到最小……其實原本預定要對阿良良木月火使用，總之走到這一步也是緣分。」

「這樣啊……如果是這種招式就務必……等一下，斧乃木小妹，難道妳還是打算殺掉我妹妹？」

斧乃木沒回答這個問題，將拳頭朝向插著水果刀的爸爸人偶。

以往她的拳頭會像是確認目標般豎起食指，不過她這次豎起的是比食指短的小指。

「『例外較多之規則』——小指版。」

021

這種單純的構想切換，並不足以稱為新的招式，但是如果這樣就能抑制破壞力，真希望她破壞我家玄關的那時候也使用小指版。雖然我很想這麼說，不過攻擊範圍不算是縮減到最小，威力也沒減輕多少……床鋪確實連同地面都被破壞，只差沒有貫穿到樓下。

「我不擅長手下留情。應該說不擅長指下留情。無論是食指還是小指。」

破壞神毫不內疚……總之以結果來說，爸爸人偶已經四分五裂，可說是順利完成目的。

不過破壞時也發出相當大的聲音，我們最好趕快離開這棟公寓。

「鬼哥哥，幫忙監視這個房間一下，我去看看別的場所。」

斧乃木說。

「別的場所？」

「冰箱、垃圾桶、廁所、浴室、知性老師的寢室。」

是上次沒進行的正式調查……沒有線索的這個第三房間已經像這樣破壞了，所以看來她要改成將正如其名還沒著手（著指？）的地方徹底查遍。

我原本也覺得應該幫忙，不過這是專家工作的專業部分，我只會礙事吧。

就算這麼說，這個房間已經真的成為殘骸，監視這裡應該沒意義吧？

「這倒未必。畢竟棉被即使變成碎片，也還是可能動起來。」

「原來如此……專家必須提防到這種程度嗎？」

這就真的很像是不死之身的怪異……但我聽說即使是吸血鬼也不容易從四分五裂的狀態再生。

「要是碎片在動就叫妳對吧？」

「嗯，我心血來潮的話就會中斷調查過來救你。」

「麻煩更積極來救我好嗎？」

「話說回來，很難吧？」

「嗯？什麼事很難？」

「拯救淑女。不像拯救少女那麼簡單吧？」

斧乃木扔下這段話之後，俐落前去分析其他房間。可惡，我居然沒能反駁。

拯救少女也很難啊……畢竟我總是失敗……不過對方是大人的話，困難的類型就不一樣。

到頭來，這應該是教訓我不可以答應陌生人的要求吧……「不可以和陌生人說話」的父母教誨，沒想到會活用在這裡。

我沒有活用就是了。

而且還弄死了。

父母的教誨嗎……斧乃木在的時候，我即使面臨危機還是能飾演一個能輕快拌嘴的堅強小哥，然而一旦獨處就會想一些無謂的事情。

不只是一開始提到的「三歲愛女」，連「分居中的丈夫」都可能不是真實存在的家人，害得我心情好沉重……我現在這些完全脫離委託內容的非法行為，似乎也是組成這種妄想的必備拼圖。

成為這種要素的不是別人，正是我自己，這比臉部被刺的爸爸人偶更令我毛骨悚然……即使爸爸人偶已經粉身碎骨，我也完全不覺得舒坦。

心情依然籠罩一層薄霧——彷彿因為這次前來調查而迷失在更深邃曲折的五里霧中。

總之，既然分居中的丈夫原本就不存在，那也同時不再急著警告不存在的他即將面臨生命危險，光是得知這一點，這次調查就不是做白工了吧。如果唯唯惠人偶刺殺爸爸人偶就已經完成報復行動，那就更不用說了。

可是……就算這麼想，家住副教授也絕對是真實存在的吧？畢竟我在研究室當面和她說過話，不只如此，上半學年的期間，我也一直在上她的瑞士德語課。

如同瑞士真實存在，家住副教授也真實存在。

查出丈夫的下落或許能連帶查出副教授的下落，這個希望如今斷絕了，所以斧乃木現在對第一個房間與客廳、飯廳等處進行的鑑識工作，攸關我們是能查出她的下落……但她或許連居留資格都是假的，要查出這種人的所在位置，再怎麼牽強解釋也完全不該由不死怪異的專家來負責吧？

基本上是警察的工作。

她身為魑魅魍魎的權威，光是在爸爸人偶化為怪異之前將其打碎，就可以說充分盡到職責……當然，逃走的「飛天毛毯」必須由我負責處理，不過從現實問題來看，達成這個結果的路線還沒成立……不行不行，不能因為現在獨處就變得悲觀。

不該思考自己做不到什麼事，而是要思考自己做得到什麼事。

現在我做得到什麼事？就是按照女童的命令，定睛監識破碎的棉被是否混在床鋪的碎片動起來。我不認為這是只有我做得到的極高度專業性工作，但是總比想太多失去幹勁來得好。

要好好維持動力。

我不知道斧乃木調查整間屋子要多久時間，要不要坐在椅子上監視呢……還是說應該一直站著，以便在發生狀況的時候立刻應對？

連我自己都覺得不重要的這種問題使我猶豫而分心的時候……

「──────！」

我發現某塊碎片似乎動了一下。

天啊，看來站著是正確答案。我壓低重心。

不過，這個小小的碎片沒有飛向我……就算這麼說，卻也不是我這個膽小鬼看錯，碎片持續微微飄動。

仔細凝視會發現，包括周圍的碎片、內部的羽毛、甚至是床墊裡的棉花、緊閉的遮光窗簾，都在輕盈又微弱地晃動。

哈……什麼嘛。

單純是因為被打成粉碎，每塊碎片的質量變輕，所以即使只有一點微風也會起反應晃動嗎……一點微風？

風？

明明是室內啊？

如果是斧乃木打破玻璃的客廳就很難說，可是這個房間和嬰兒房一樣，窗簾與窗戶都是緊閉的啊？

雖然沒貫穿，不過慘不忍睹打出大洞的地面，因為氣壓之類的緣故將空氣往上吹嗎？不然的話……是地板底下有老鼠之類的動物亂跑，產生的氣流引發反應嗎……可是這種公寓會有老鼠嗎……，…………，…………帶動空氣的不一定是老鼠……光是我想坐在椅子上就會帶動空氣……換句話說……換句話說，不必從地板下方，室內就能帶動空氣吧？

上天給我這個啟示的時候，已經太遲了。

不曾從變得粉碎的爸爸人偶移開視線，提高警覺負責監視的我，遭受來自正後方的襲擊——被自己剛才耐不住悶熱而脫掉的厚外套襲擊。

022

被毛毯襲擊的同一天又被外套襲擊的傢伙應該也很稀奇吧，但現在不是引以為傲的時候。即使剛才說「已經太遲了」，卻還是在最後關頭察覺，這部分還是有所助益的。同一天的數小時前被毛毯襲擊的經驗也同樣有所助益。

外套的兩條袖子即將纏住脖子時，我成功將單手插入縫隙……再也不想被布勒住脖子的心理創傷，成為反射神經發揮效果。

不過這股力道太強，我輕易就像是被飛踢般往後倒。正確來說是在感覺到被力量拉扯時就心想「啊，這我沒辦法抵抗」，所以刻意沒踩穩，反倒是故意主動順勢倒地。這和柔道「受身」的觀念相反，但我認為整個背部著地可以將傷害不太平均地分散，還能發出響亮的聲音。

我期待可靠的斧乃木聽到這個聲音之後（心血來潮的話）應該會來救我。可惜實際上沒發出我所期待的聲音。

拉扯我的外套被我壓在下面，結果消除了摔倒聲。即使傷害也跟著減輕，但是這麼一來，我倒地是不太妙的結果。

雖然巧妙避免被鎖喉，不過這個姿勢也可以說封住了我一條手臂……要是繼續以這種力道勒緊，我的頸骨將會連同手臂被勒斷。

連鐵柵欄都能扳彎的力氣……慢著，不過這是屬於唯唯惠人偶的力量吧？襲擊我的甚至不是爸爸人偶，而是我的外套，為什麼會這樣？我可沒虐待自己的外套啊？

還是說我完全猜錯？

並非唯唯惠人偶的毛毯是特例，這棟公寓333號室的這間屋子，每一塊布都會襲擊他人嗎……要思考等之後再說，得先求救才行！

這樣下去，我將會安靜無聲被勒緊脖子致死。需要勒緊的明明只有羽川的腰線就夠了。我張大嘴巴，想發出不只是客廳甚至整棟公寓都聽得到的求救聲。外套兩條厚袖子勒住我脖子的力道永無止境，但幸好喉嚨還勉強開著……

這次是帽子飛進喉頭。

是滑雪帽。這也是剛才我熱到脫掉的東西。

連帽子都襲擊我？

「嗚嘎……嗚咕……」

不會吧，喂。

我會因為吃到帽子而死？

慢著，不過這樣下去，應該是氣管堵塞窒息而死。沒想到居然會被外套與帽子從內外兩側攻擊頸部。

我的衣服對我造反了。

為了承受超高空超高速飛行而穿的厚衣服，居然造成這種形式的反效果……現在不只是缺氧症狀，而是無氧狀態。我至今也承受過各種形式的傷害，卻無疑是第一次陷入這種不講理的絕境。痛苦就已經很不妙了，嘴被封住使得無力的我無法求救更加不妙。

別說什麼人只能自己救自己，我現在只能自己死在這裡。

現在這樣顧不得丟人現眼的問題，必須以雙腳以及自由的單手撞擊地面，向斧乃木發送摩斯電碼。不，只要胡亂敲打就好。

但是我再怎麼等都等不到搭救。

斧乃木，妳怎麼了？這麼不想拯救一個會和麻花辮商量煩惱的男人嗎？

也可能是完全沒敲出聲音。我的體力消耗得比我想像的快得多……我自以為像是在敲打大太鼓般用力撞擊地面，實際上或許只發出拖著腳步行走般的聲音。

而且不只是斧乃木，忍也完全不來救我。或許我確實又錯過了投射蝙蝠訊號的機會，不過小忍，妳可以不必只在自己方便的時候來救我啊？

意思是這種程度的危機應該由我自己克服？

和之前被關在籠子的時候一樣？

不，她應該只是正在呼呼大睡吧……如果只因為「自己睡過頭」這種原因害得搭檔死掉，我想那個幼女終究也會受到打擊吧……

不過，死掉的時候出乎意料都是這麼回事嗎？

因為交通事故而喪命的八九寺真宵，也是在後來成為神明之後，將那場事故視為戲劇化的轉變，但她的死基本上也是草率又突然的死。

無論是事故、案件、生病或壽終正寢，人類的死都是突如其來又出乎意料。這一點似乎沒錯，不過只限於我的狀況來說，這種出乎意料不是現在這一瞬間。

忍不必因為睡過頭而後悔了。

還以為我會因為吃到帽子而死，卻是恰恰相反，我是因為吃到帽子而得救。

在我不斷動嘴巴掙扎的過程中，我感覺口腔裡的滑雪帽動作逐漸減弱。滑雪帽的動作原本像是鑽頭般試著迅速入侵我的咽喉，甚至讓我覺得吞下滑雪板都比較輕鬆，不過帽子旋轉的力道逐漸變弱，變弱，再變弱……然後停止。

「嗚？咳咳，咕噗……咳哈！」

我連帽子停止的原因都沒搞懂（因為若要說原因不明，我根本不知道帽子撲進我嘴裡的原因）就這麼將嘴裡的滑雪帽嘔吐出來。

外套依然勒住我的脖子，所以呼吸不算是完全回復，不過現在這樣頓時舒坦多了。

我當然不得不害怕剛才吐出來的帽子再度逼我深吻，不過沾滿唾液的帽子就這麼癱在地上不動，看起來回復為普通的滑雪帽。

我……我解決它了……？

我明明什麼都沒做啊？只是仰躺掙扎而已啊？是因為我曾經是吸血鬼，咬合力很強的緣故嗎……？還是說……唾液？雖然最近沒使用，所以沒能確認後遺症是否還在，不過吸血鬼的體液有治療能力……不對不對，治療又能做什麼？

那麼，既然不是這樣……

「是……水嗎？」

這些傢伙的弱點是水嗎？

雖然只是直覺瞎猜，不過布料材質的特性符合這個弱點……化為怪異的滑雪帽為了讓我窒息而衝進口腔，卻因為沾滿唾液而停止動作。

畢竟沒人想戴溼掉的帽子吧。

那麼外套也可以套用這個原則，所以值得一試。我缺氧的頭腦無法確定這一點，不過這是我唯一能嘗試的反擊方案。畢竟我化為吸血鬼之後也無法游泳了。或許對於怪異來說，「水」是代表性的剋星吧。不過如果是蟹之類的怪異應該另當別論……

所以我盡可能將唾液噴在外套上……雖然我很想這麼說，但可惜我無法吐出兩公升的唾液。如果是可以恣意利用不死特性的那時候，我會以手指拔掉自己的舌頭將房內一整面染滿血，但是現在的我這麼做只會是悽慘的自殺行為。

還有，這是莉絲佳的兵法。阿良良木曆的做法比較俗氣。

我一邊盡可能抵抗外套勒緊的力道，一邊維持仰躺姿勢，以自由的單手與雙腳在公寓地板扭動爬向浴室。

幸好屋內格局在第一次造訪的時候就已經掌握。我原本消極心想只要有水可用乾脆去廁所也行，不過衛生觀念勝利了。

看來我意外地有潔癖。

是會在野外求生時死掉的那種人。

我的動作就像是以全身打掃地板……這是蛇的詛咒嗎？蛇行駕駛到最後，我進入浴室的淋浴區，像是在準備洗澡時不小心轉開水龍頭，就這麼穿著衣服以水淋溼全身。包括像是大膽意識到叛逆風格，如同圍巾捲在脖子上的那件外套一起淋溼。

換句話說，如果我判斷錯誤，我將會和剛才的滑雪帽一樣成為落湯雞窒息而死。暑假期間有一個大學生非法入侵失蹤副教授的住處之後離奇死在浴室……剛才我像是看透世間般說「死掉的時候都是這麼回事」，但我要訂正。我可不想以這麼奇怪的方式死掉。

各位看我能夠像這樣收回前言就知道，我個人所提出「水是弱點」這個無法證明的黎曼猜想看來沒錯，癱軟無力的只有外套。

以我的呼吸狀況來說，算是千鈞一髮……如果蓮蓬頭噴出來的是水霧，或許就來不及了。明明解脫，我卻完全沒心情站起來……甚至懶得將水龍頭轉回去，就這麼如同瀑布修行任憑水流沖刷。

讓自己清爽一下。

不對，我現在滿頭霧水。

「啊～～……那個～～……」

我想想。

我原本正在做什麼？對了對了，在監視……為了避免爸爸人偶的碎片各自動起來，聚集起來再生……必須好好監視才行……

「嗨，鬼哥哥，簡稱鬼哥的鬼哥哥，你在這裡啊。抱歉在淋浴的時候打擾。千萬不能打開衣櫃，不然衣服會襲擊你喔。我是來提醒你這件事。」

回神一看，斧乃木站在更衣間，低頭看著溼透的我。

看不出情感的撲克臉一如往常，不過長版連身裙的裙襬與肩帶變形，頸子與上臂留下明顯的瘀青，輕易看得出來她剛結束一場激戰。

雖然看得出來，不過發生什麼事？

我猜她應該是在調查其他房間時，依照尋找東西的正常步驟打開衣櫃，卻遭到衣物圍攻……她這個破壞神應該和我不同，是以蠻力突破困境……原來如此，難怪我再怎麼發出聲音，她都沒來搭救。

沒想到彼此的打鬥聲產生降噪效果，抵消了對方的打鬥聲。

「知道了。我會小心。」

我站了起來。

休息完畢。

淋浴之後舒暢多了，繼續努力吧。

023

後來我詳細詢問，斧乃木不只是遭受衣服攻擊，還遭受地毯攻擊的樣子。如果是我應該就已經沒命了，但她不愧是破壞神，遇上這種對手都以單純的蠻力撕裂。如果我有她十分之一的力氣就不會陷入那種苦戰，但這再怎麼說都是無法強求的東西。

即使想求得百分之一都是恬不知恥。

幸好滑雪帽是攻擊我想出聲求助的口腔……不，這不是單純的幸運，而是先前提到的學習能力夠強，在這種狀況應該說當時的學習能力夠差。因為是剛誕生的怪異，所以逕自走上自我毀滅的道路。

「不不不，相當了不起喔。即使滑雪帽是自我毀滅，不過鬼哥哥不依靠吸血鬼之力，只以這點線索就打倒外套，令我感受到你的成長。我對你改觀了。這件事我會好好向臥煙小姐報告。」

「可以的話希望妳別報告。這不是報告，是密告……斧乃木小妹，妳那些瘀青沒問題嗎？」

「以我的狀況來說，這不是瘀青，是屍斑喔，因為我是屍體。沒問題啦，這種程度只是擦傷。」

得知是屍斑之後，即使她說是擦傷，我也不認為沒問題……

「不過，如果像我剛才那樣被老師的衣服襲擊就算了，鬼哥是被自己的衣服襲擊吧？總覺得搞不懂其中的法則了……」

「現在身上的衣服可能也不太妙。好，斧乃木小妹，我們一起脫光吧。」

「要把剛才的改觀再度改觀嗎？」

「為求謹慎，最好把那件連身裙弄溼到半透明吧？」

「你想讓衣服變得半透明的下流心態也太明顯了。唔～～……我想應該恰巧相反，鬼哥哥的滑雪帽與外套，是因為鬼哥敗給酷暑脫掉才滿足發動條件，所以最好別脫光。」

「不要說得好像我沒毅力才脫掉衣服。現在是夏天喔。我不是敗給酷暑，是對應酷暑。」

「我來讓你再也感受不到溫度吧？」

「好恐怖好恐怖好恐怖好恐怖。我全身都冷起來了。」

不過，聽她這麼說就覺得沒錯。

如果連我身上的牛仔褲、上衣、內衣褲甚至是襪子都無條件襲擊我，那我根本來不及脫，全身瞬間就會承受重壓……甚至不被允許像是蛇一樣扭身移動吧。

說到外套與滑雪帽的共通要素，就是被我脫掉——脫下來「棄置」。

……這就是關鍵字嗎？

關鍵字是「棄」？

慢著，如果把這件事和「拋棄自己的孩子」相提並論，我會很為難……不過這麼說來，我第二次來訪被關在籠子裡的時候，曾經利用牛仔褲將木工道具拉過來，當時雖然脫掉牛仔褲卻沒有放開，而是一直緊緊抓著褲管當成繩子使用……

家住副教授的衣服與地毯襲擊斧乃木的現象，如果硬是要和我這段經歷尋找共通點……

「天曉得。這部分真的不在我的專業範圍……被套裝、針織衫或是連帽上衣襲擊還好，被內褲或吊帶襪襲擊也太新奇了。我在激戰的同時心想這應該由鬼哥哥負責才對。」

「看來我們彼此都享受了一場不堪入目的戰鬥。」

「我有問題要問鬼哥。白天把你關在獸籠的毛毯，原本是受虐人偶沒錯嗎？不是鋪在嬰兒床的普通毛毯？」

「這……我認為沒錯。」

「會不會只是顏色之類的很像？你想想，以人類的視覺能力來說，『社告』與『杜若』這兩個詞看起來都一樣吧？」

「喂喂喂，怎麼可能會把『社告』與『杜若』看錯……還真像！」

慢著，不是這樣。

「上面畫著『へのへのもへじ』，對應背部的位置也有尖刀刺破的洞。」

當時也是突然遇襲，和這次一樣沒能理解全貌，不過至少可以斷定逃走的那條魔法毛毯是構成唯唯惠人偶的要素。

希望至少能讓我這麼斷定。

如果其他的衣服、布塊或布料會動，沒被虐待的普通毛毯或許也會動，斧乃木大概是這麼猜測的……而且這個猜測確實應該納入考量……不過其中或許也有應該切割出來思考的重點。

「這麼一來，襲擊我們的衣服與其說是怪異化，或許應該說是眷屬化。」

「眷屬化？眷屬化是什麼意思？」

「就是你這小子以前變成的那副德行。」

她說到重點時的用詞變得好粗魯。

這次完全是我把斧乃木拖下水，所以被她怎麼對待都無可奈何……「被別人捲入麻煩事有夠慘的！」這種話我去年真的說過不少次，不過原來拖別人下水是這種感覺。

「意思是唯唯惠人偶在增加『同伴』嗎……？逃離這個房間的時候，命令這些手下要除掉追兵之類的……？」

「也可能是擁有這種技能的怪異。也就是操縱布的技能……在這種狀況，與其說是怪異化，不如形容為自動陷阱。就像是設置在家裡的地雷。」

將脫掉的衣服放在地上，或是打開衣櫃，或是打破玻璃破壞床鋪等等，非法入侵者的一舉一動，都成為觸動捕獸夾的導火線？

嗯……

確實，滑雪帽與外套對我進行的單純攻擊，聽她這麼說就覺得像是「自動陷阱」……就只是直接遵守單純的命令……沒試著應對我的其他行動。

雖然提供敵方建議也很奇怪，不過比方說，在察覺我要前往浴室的時候，只要外套將勒住我脖子的其中一條衣袖解開，固定在走廊的擋門器，光是這樣就可以斷絕我的活路。

不過……比起這一點，我更對「眷屬化」這三個字感覺到單純的正當性，感覺到「不是這樣」的正當性……我站在昔日被眷屬化的立場這麼想。

「第一次和你意見相同耶。嗯，我也這麼想。」

「妳經常這麼說。」

「因為我雖然不是任何怪異的眷屬，卻是被當成專家們的道具而復活的。總之，這個詭異的住家本身確實是容易產生怪異的溫床吧。幸好我們進來的時候沒脫鞋。」

要是剛才有脫鞋，連鞋子都會襲擊我們嗎？陽臺算不算「家裡」，鞋子算不算

「布」，這些問題都必須驗證……不過老實說，我不想積極確認。

這麼一來，斧乃木破壞爸爸人偶的這個判斷或許非常正確……要是被那個巨大人偶襲擊，應該沒那麼容易脫離危機。

「因為怪異增加，必須找出『飛天毛毯』的理由也增加了。要是受虐人偶可能在某處製作並且無限增殖同伴，那就真的不能坐視這種危險性。鬼哥哥，你沒氣餒吧？」

「完全沒有。我充滿幹勁喔。阿良良木曆接受任何挑戰。」

「這種虛張聲勢，我不討厭喔。好想說給孩子們聽。」

「拯救淑女確實很難，但我這個傢伙遇到難題就想挑戰。」

「是這樣嗎……？」

「不是。」

「總之，你的骨氣或許已經足夠說得出『滅卻心頭火自涼』這種話了。」

「不管是自動陷阱還是眷屬，既然這種東西設置在各處，就代表這間333號室有某個必須保護的東西吧？可能是丈夫的個人情報，或是家住副教授的下落……總之是唯唯惠人偶想隱藏的某種東西。」

或許單純是擊退非法入侵者的自衛系統，但是我剛才差點沒命又全身溼透，可不能空手而返。這攸關阿良良木曆的面子問題。

「關於這一點，我應該可以報告一個好消息喔，鬼哥哥。」

「嗯？什麼意思？」

「總之，這部分先等我們逃離這裡再思考吧……總之現在不必冒更大風險繼續搜索這間333號室了。」

「……難道說，妳已經取得必要的情報？在打開家住副教授的衣櫃之前，就已經在客廳找到情報……」

不對，既然這樣就不必打開衣櫃吧……但是這具屍體人偶不可能沒取得任何情報就想夾著尾巴撤退。絕對不會。不可能。

斧乃木表面上乍看是沒有情感的人偶，內部的個性卻比我更不服輸，比我更容易記恨。不想空手而返的心情肯定也比我更強烈。

「要是說出來，鬼哥哥可能又會陰險抨擊我是破壞神，不過啊，我和知性老師的吊帶襪戰鬥的時候，稍微造成周邊損害了。」

對於被當成破壞神記恨最深的斧乃木，打得最辛苦的對手好像是吊帶襪……我沒研究過而且也還沒穿過，不過吊帶襪意外地強韌。

既然最後還是獲得勝利，那就沒什麼問題了。

不過……她剛才說「周邊損害」？

「以結果來說，老師房間的天花板壞掉了。」

「如果結果是這個，原因應該是妳。應該沒貫穿吧？」
「放心，這裡是頂樓，所以即使貫穿也是樓頂。樓頂禁止進入所以沒人。」
既然貫穿就不能放心喔。
這裡變成樓頂了。
事情愈來愈嚴重……她完全沒報告好消息給我聽吧？拜託饒了我吧。
「以結果來說……」
始作俑者的斧乃木——重複犯下暴行的斧乃木平淡說下去。
「在新開放的樓頂區域，我發現了這個東西。雖然是巧妙的隱藏場所，不過這就是所謂的歪打正著吧。我打出一線光明了。」
「就算比喻得再好，但妳是真的把天花板打壞吧？這樣我沒辦法幫妳打分數……那是什麼？」

024

既然她說天花板已經改造成挑高形式，333號室的第一個房間，也就是家住副教授的私人房間全貌可想而知，但我還是認為戰火應該僅止於房內。兩側的房間，也就是客廳與嬰兒房肯定沒被破壞神波及，所以即使處於這種困境，還是必須繼續調查這兩處。

我太天真了。斧乃木在第一個房間裡，連兩側的牆壁都打穿了。

這孩子是魔貫光殺砲的使用者嗎？

不只是天花板，連牆壁都打掉，將三房兩廳改建成一房兩廳，進一步來說，客廳、飯廳與廚房的界線也模糊不清。

像是颱風掃過的感覺。

剛才爸爸人偶的碎片微微晃動，或許不是因為怪異化的外套在我背後蠢動，而是斧乃木的攻擊席捲屋內……違法行為的違法性驟然提升。

即使是強盜闖進來搶劫，屋內也不會呈現這種悽慘的樣貌……那間整理得宜的333號室，如今凌亂到即使強盜破門而入也沒有任何東西能搶。

感覺像是明明為了私下平息班上同學的糾紛去找可靠的班導商量，卻變成盛大舉辦一場學年會議。

不過，某些私事確實必須鬧大才能解決就是了……總之我現在成為重大犯罪的共犯了。

不，說來驚訝，我是主犯。

我將來真的會當警察嗎？

這麼一來，無論如何都只能中止調查了。不只是擔心附近居民報警，假設真的有家住副教授與丈夫的痕跡，或是搜索唯唯惠人偶的線索，我們也攪得亂七八糟了。別說連垃圾桶都要找遍，整個家都變得像是一個垃圾桶。

要是繼續愣在這裡，或許會有別的布襲擊，而且屋內恐怕還設置了完全不同種類的陷阱……綜合各種要素考量，應該得出的結論很明顯。

立刻逃走吧。

「『例外較多之規則』——脫離版。」

不知為何，天花板神奇地破了一個洞，所以我們不必去陽臺就成功逃離。外套與帽子已經溼透，但我覺得在酷寒的上空還是比沒穿來得好所以穿上，卻忘記水分在上空會結冰。

明明那麼害怕缺氧與失溫症狀，卻在抵達的333號室體驗無氧狀態，回程的努力也害得自己凍傷……我到底在做什麼？

自殺嗎？

我想想，記得是為了取得語言學分而兼差當保姆？

雖然這麼說，不過這場冒險還是有收穫。

①第三個房間沒有丈夫的痕跡。

②除了唯唯惠人偶還有爸爸人偶。

③333號室的其他布也會動。

④布的弱點是水。

以及斧乃木精心進行計畫之後，在樓頂發現的新線索。

是的，盼望已久的新線索。

「所以……斧乃木小妹，那是什麼？」

降落之後，我調整好呼吸（說得詳細一點，我花了五分鐘以上才回復），重新提出在333號室看見「那個」時的疑問。斧乃木對此也回以同樣的答案。

「是人偶。布偶。」

「…………」

順帶一提，降落地點是熟悉的浪白公園。只要能逃離333號室，要降落在哪裡都可以，但我想避免降落在自家。因為我強烈感覺我家可能不會平安無事。

從這一點來看，這座公園是我以前就經常用來開會的場所……說到降落的候選地點，還有北白蛇神社的境內可以選擇，但是萬一踩壞神社，八九寺可能會生氣。

雖然很久沒來，但這座公園依然空無一人……我所住城鎮的少子化進行到這種程度了嗎？

「要再看一次嗎？」

斧乃木說完隨手將「那個」扔給我。明明是好不容易取得的重要證物，卻完全不珍惜。我不要求放進證物袋保管就是了……

人偶。布偶。

尺寸可以收在手心……比唯唯惠人偶還小，和爸爸人偶相比更不用說，是可以掛在鑰匙圈的大小。

「……嗯。」

以「人偶」形容這個證物並不正確。因為外型不是「人」。

是熊。

也不是自製，雖然我在水果刀那時候將自己看走眼的能耐發揮得淋漓盡致，不過關於這個我可以抱持自信斷言。這是在禮品店販售的量產商品。

量產品當然不會比自製的差，看過那兩具自製人偶之後，我尤其這麼認為。

這是泰迪熊嗎？

若是這樣的話，形容為縫製的布偶比較正確？經由咒術成立的屍體人偶，或是如同氣球意識的棉被人偶，幾乎沒有經過「縫」的程序……

總之是一隻小熊布偶。

從設計來看似乎很舊了……與其說是古老或是年代久遠，應該說就只是單純的老舊。年久劣化。而且很髒……像是經年累月受到風吹雨打……斧乃木說是從樓頂撿到的，不過如果要我口不擇言，老實說，我甚至以為是調查的時候在垃圾桶找到的。

「……這隻小熊裡藏著儲存國際重要機密的USB記憶卡嗎？」

「怎麼可能。我只是覺得這個布偶或許曾經是老師的東西。」

「嗯？只是掉在樓頂吧？說不定是別人掉的。但那裡應該是禁止進入……」

當然可能是安裝衛星天線的作業員或是其他人掉的……不過既然掉在333號室的正上方，就會令我在意一些事。

如果從333號室的陽臺往樓頂扔，大概就會落在那附近嗎？然而就算是這樣，到底是為什麼要這麼做……斧乃木剛才說「巧妙的隱藏場所」，但我覺得這種隨便的程度比起「隱藏」更像是「拋棄」。

拋棄。

「鬼哥哥，簡稱鬼哥的鬼哥哥，如果是拋棄，為什麼要拋棄？不覺得查出這個原因就能接著發現下一個提示嗎？」

我不會斷言不覺得……但是老實說，我想要的不是這種拐彎抹角的提示，而是更直接的線索。

從這種不可靠又可能無關的物品開始耐心摸索，大概是專家的做法吧……不過外行人會覺得心急難耐。

想要明確的攻略方法。

「這個小熊布偶，是老師當年從感情不好的父母那裡唯一得到的禮物，是充滿回憶的物品。你不這麼認為嗎？」

「在這裡聽妳這麼一說，我開始不這麼認為了……」

「即使懷抱複雜的情感也一直捨不得拋棄的這個布偶，最後還是被拋棄了，這或許就是受虐人偶動起來的原因……」

看來她不是認真這麼說……總之，即使想像出這種具體的故事，也不知道其中的因果關係。

小熊布偶確實是父母普遍會送給孩子的禮物……可是，在禮品店販售的這種鑰匙圈也太……

「也可能正因如此才會送吧？鬼哥哥哪裡懂親子關係了？」

「不准突然譴責我。就算我對妳的新發現沒做出及格反應也不要不耐煩，至少在這時候和平相處吧。如果我完全不懂親子關係，我就不會在這裡了。」

如果我真的是虐待兒童的專家，從一開始被叫去的時間點，肯定就以更聰明的方式應對。

即使對方是指導我十年的恩師，我也應該在那個時間點報警……我大概是在誤以為副教授的三歲女兒早已奄奄一息時，失去正確的判斷力吧。

「嘆息自己只能獲得這種廉價鑰匙圈卻也捨不得扔，女兒的這種複雜心情，鬼哥哥應該無法想像吧？」

「妳說出『廉價』這種字眼的時間點也想像不到吧……」

「只因為爆胎就把爸媽買給你的車子扔掉，這樣的鬼哥哥想必無法理解這種心情吧。」

「我不會扔掉。一定會去接回來。」

「你不是收藏品只要有一點刮傷就不會原諒的那種人嗎？」

「我沒這麼神經質，也沒在收藏車子。我不是大富豪。」

就算這麼說，但我認為這個泰迪熊破爛過頭了……

「……記得泰迪熊是瑞士出的布偶？」

「熊布偶統稱泰迪熊喔，和國籍無關。進一步來說，知名的不是瑞士，是德國。不過泰迪熊這個名稱源自美國總統。」

她的專長領域應該是不死怪異，不過對於布偶終究也瞭如指掌……所以這隻小熊和家住副教授出身的國家沒什麼特別關係嗎？

不，等一下，家住副教授身為老師的工作是教導母國的語言，瑞士德語也是其中一種。

德國……

「鐘錶的話會比較好懂嗎？據說瑞士製的手錶傳承親子三代都能使用。」

「……或許是父母送的布偶被扔到樓頂，妳能假設這是什麼原因嗎？」

我這個親子關係的外行人向女童請教。

同時將熊布偶翻來覆去，觀察每一個部位。

啊啊，原來如此。

總覺得怎麼看怎麼怪，原來這隻熊的眼睛部位脫落了……兩顆眼睛都沒有，我還以為原本就是這種設計……不過還留著曾經縫上圓珠的痕跡。四肢也都是令人詫異怎麼還沒斷的程度……至於尾巴，不知道是原本就設計成沒有尾巴，還是已經脫落……

「所以才說是『巧妙的隱藏場所』喔。又愛又恨，或者只是過於憎恨，不希望它在看得見的地方，不想放在自己的私人領域，卻也捨不得扔進垃圾桶。在這種狀況，樓頂不就是剛剛好的選擇嗎？雖然實際上等同於拋棄，卻是可以說服自己『並沒有拋棄』的距離。」

「要留在手邊還是扔掉甚至毀掉都很難，也就是難以處分而不知如何是好，這種心情我倒是可以理解……我也曾經將參考書藏在妹妹們的房間。」

「我有意見。你說的參考書應該是A書吧？居然藏在妹妹房間，你這混蛋，那不就是我住的房間嗎？不准拿這件事假裝你理解這種心情。」

「即使真的被發現，我也可以裝傻說那不是我的，堅稱是妹妹的東西。」

「我首度懷疑鬼哥哥對妹妹的愛情……以你的例子來說，應該是剛才提到的麻花辮吧？」

「嗯……原來是這麼一回事。」

那是羽川的頭髮，我應該不會扔在樓頂……不過如果問我將來怎麼處置，我確實想不到。

如果不能老是放在身邊直到永遠……

將來的我，會怎麼解開那條麻花辮？

「你這麼認真煩惱也很噁心。總之，任何人都有一些想扔卻扔不掉的東西。再怎麼想任其失蹤不留痕跡，再怎麼想斬斷過去的一切都做不到。這就是所謂的眷戀吧。」

「唔～～……哎，妳是專家，或許會從這個布偶敏銳感覺到某種情感，不過這也可能是鄰居某人的情感吧？」

「就算是這樣，也只要調查就知道了。還是說鬼哥哥有發現別的線索？如果有其他應該優先的分析對象，我當然會先從那裡開始調查。」

別的線索……沒有。

老實說，並不是沒有。其實並不是我在333號室找到分析對象，而是在更早之前委託命日子解讀的那個東西。

不過，既然明顯牽扯到怪異，而且是這種毫不留情下殺手的怪異，我就不能繼續向那傢伙求助。如果她忘記那個委託，我希望她就這麼永遠忘記。

希望當成沒發生過。

這麼一來，無論是否可靠還是可信，也只能依賴斧乃木的方法了。

「……斧乃木小妹，我確認一下，這個布偶不會化為怪異吧？」

布偶原本放在住家外面，應該不像滑雪帽或外套滿足怪異化的條件……我很想這麼認為，但是我們連唯唯惠人偶為何會動的這個基本問題都沒查明。

即使是這麼小的布偶，噎在喉頭也會致命。我已經學習到這一點。

「會喔。」

但是斧乃木如此回答。

「要由我們親手讓它化為怪異，然後讓它帶我們去找那名知性老師。」

025

曾經以非自願——至少是以無可奈何的形式成為吸血鬼、化為眷屬的我，絕對不會想到這個點子。

「創造怪異」的構想。

即使聽她以「摺個紙人偶吧」的調調這麼說，我也不會回應「原來有這一招啊！」輕拍膝蓋。

不只如此，這個提案的震撼程度，甚至令我覺得膝蓋中了一槍……畢竟我費盡千辛萬苦才回復為人類，而且坦白說，經過一年多的現在，我依然被這段經驗的依賴性、後遺症與復健所苦。

看起來可能不像這麼一回事就是了……

「可……可是，這麼做沒問題嗎？創造怪異是天大的事情吧？你們專家也是為了避免這種事情而存在的……我一直以為這是禁忌。」

「沒錯，是非常接近灰色地帶的黑色地帶。」

「所以還是黑色地帶啊！」

「嗯，總之，雖然大家都說是禁忌而嚇得半死，不過實際試過或許出乎意料沒那麼嚴重吧？」

「犯下無法挽回的過錯之前都是這種心態！」

說起來，斧乃木自己就是從這個禁忌誕生（復活）的怪異。

以前已經說過，斧乃木復活的見證人，當時是大學生的影縫與手折正弦，後來受到相應的詛咒……的樣子。

無法在地面行走的詛咒。

同樣是大學生的我，不想遭受同樣的下場。

「沒關係吧？以鬼哥哥的角度來看，差別只在於今後要步上圍牆內的人生還是圍牆上的人生吧？」

「說到圍牆上的人生，我家的大隻妹以前經常倒立走在圍牆上喔。」

她最近很少倒立了。

因為她成為女高中生之後，再也沒有穿運動服出門。

也就是開始想要打扮自己了吧。

「注意了，仔細聽我說，斧乃木余接。我與忍曾經抱持這種心態穿越時光，然後毀滅世界喔。」

「這個結果過於沉重，拿來當成教訓一點都不能當作參考。反正你在春假拯救奄奄一息的刃下心時，也是基於類似的心態吧？」

「怎麼可能！我當時是認真的，然後維持這種認真的心態失敗了！」

「我反而想要你仔細聽我說。鬼哥哥是失敗一兩次就學到教訓的聰明人嗎？就算這樣又如何？真丟臉。以前我們不是一起做過蠢事嗎？像是撫公最近又闖禍了，不過那傢伙還沒受到太大的教訓喔。」

「雖然我沒道理過問，不過妳在和千石搞什麼鬼？不准和千石一起做蠢事！要做就和我一起做！」

「所以我這不就要和鬼哥哥一起做了嗎？不會怎樣的。」

斧乃木隨口打包票。

我感受到的只有危險。

「雖說是怪異化，卻也始終是暫時性的變化。是暫時又限定的妖怪變化……只不過是式神要製作使魔。」

「神要製作魔，這是什麼狀況……聽起來明顯是禁忌……」

「剛才你在浴室說『接受任何挑戰』是謊言嗎？你騙我？」

「我以為憑著我們的交情，這種程度的謊言會被原諒……我的意思是在『不惹臥煙小姐生氣，不毀滅世界，不會解除無害認定的範圍』接受任何挑戰。」

「如果這隻小熊是老師的東西，那麼始終只是『保管』在領域外側，依然算是具備怪異化的素質。我只是促進這段過程。製作疫苗的時候也要培養病毒吧？這是一樣的道理。」

「我差點被妳說服，不過真的一樣嗎……」

培養的病毒失控毀滅人類，我經常在懸疑小說看到這種故事……

「而且這麼小的熊就算失控，也一下子就能打倒吧？」

「這是第一個死掉的研究員會說的話……」

「鬼哥哥老是在抱怨耶。稍微信賴我一下啦。既然委託專家了，就交給我處理吧。」

「就算妳用讀稿的語氣說交給妳處理……」

先前在333號室做出那種暴行，真虧妳還敢這麼說。

妳肯定不是住家改造專家。

「何況製作怪異也不是妳的專長吧？」

「未必。因為我某段時期和製作人偶的高手共同生活。」

手折正弦嗎……哎，雖說那傢伙製作過的屍體人偶只有斧乃木，不過如果是在「人偶」的範圍，它好像也做過各種不同的作品。

「要是無論如何都不肯相信我，我也可以全部扔給手折哥哥處理啊？」

「這可不行。我不想找那傢伙幫忙的程度僅次於貝木。」

「與其說不想，應該說討厭吧？鬼哥哥也有討厭的人，這話聽起來真令人安心……雖然不是要袒護製作我的人，不過依賴昔日打飛阿良良木月火的我，或是依賴曾經將兩個妹妹連同學妹擄走的手折哥哥，我覺得差不了多少吧？」

只是些微差距吧，些微差距。

聽她這麼說就覺得確實如此，不過這是心情上的問題。也是被小扇批得滿頭包的矛盾。

「那傢伙現在也一樣，不只是我妹，還無視於無害認定，把我與忍當成下手目標吧？」

「這部分我也一樣。即使是現在，一有機會我就想殺掉你們所有人。」

「我討厭手折，喜歡斧乃木小妹。這種想法不會因為性命被鎖定就改變。為了繼續喜歡妳，忍與月火都由我來保護。ＯＫ，交給妳吧，依照妳的判斷放手去做吧。」

「意外聽你用這麼深厚的信賴回應，我真的好害臊。」

斧乃木說完以雙手遮臉。雖然動作很可愛，但是那雙手底下的臉，終究還是毫無表情吧。

感覺最後還是被她的商業口條說服，應該說被專家的花言巧語欺騙……不過既然現在我提不出後續計畫，就只能委由斧乃木全權處理。

確實，如果這時候不敢交給她處理，那我從一開始就不該拜託她。雖然沒有其他選項，但我這次並不是逼不得已才拜託斧乃木。

是我自己選擇，自己願意拜託她的。

「所以……具體來說要怎麼做？在這座公園就做得到嗎？還是說要移動到最適合進行儀式的北白蛇神社……」

「撫公曾經穿著學校泳裝在那裡嬌喘而聞名的北白蛇神社。」

「不准說得像是什麼下流的神社。」

「多虧我三頭六臂大顯身手，那裡在靈力層面已經淨化完畢了，再也不是氣袋或是髒東西聚集地。」

雖然她強烈主張是自己的功勞，不過正是如此……哪像我甚至只會妨礙她大顯身手。

「所以沒滿足條件。製作怪異並不是在任何地方都能成功喔。要是這麼輕鬆就能做出怪異還得了？」

「我只覺得妳正準備輕鬆做出怪異……不過反過來說，那裡現在是有神明坐鎮的神社，所以很適合進行儀式吧？」

「被那位神明得知的話不太妙。」

所以妳果然要做不太妙的事情吧……被八九寺得知會不太妙的事情還是別做吧？

我很想這麼說，不過都已經表明那種程度的信賴，即使是以朝令夕改為信條的我，終究也不方便收回前言……但是既然要瞞著八九寺，那麼在這座浪白公園進行儀式也不太妙吧。

不只如此，即使像這樣繼續進行高層會議都不太妙，因為這裡是我初遇斧乃木的場所，等同於那個傢伙的領域。

「沒錯，就是這種領域的概念。」

「唔。什麼？怎麼回事？」

「333號室是老師的領域，所以裡面的受虐人偶與衣服化為怪異。既然我們是這麼推測的，那麼要讓小熊化為怪異，也應該在她的領域進行吧。」

「……意思是要回到那個家嗎？但我覺得這次真的會把事情鬧大。」

「即使沒鬧大也不該回去。用來製作疫苗的病毒，也沒人製作成和真正病毒的毒性相同吧？」

說得也是。

流感的預防接種，也是培養出毒性極弱的病毒之後注射到體內製作抗體……但即使是毒性減弱的病毒，好像也多少會讓身體不適，所以不能掉以輕心。

「換句話說，最好是在領域性……隱私度比自家薄弱的場所製作。鬼哥哥，有想到哪些地方嗎？」

「當然就是職場吧。像是我第一次和家住副教授對話的那間研究室？」

「研究室是個人房吧？那麼領域性還是很高……其他人也會經常使用的公共場所比較好。像是常光顧的餐廳之類。」

「大學的餐廳……不知道家住副教授會不會去。說起來，有人在看的話就不能進行儀式吧？」

「我不在乎被看見啊？就讓大家看看我們多麼恩愛吧。」

「不准說得像是幽會……教室呢？我去上家住副教授外語課的教室。」

「那裡的領域性太弱。畢竟應該還有很多其他的課在那裡上，而且真要說的話，那裡應該是學生的領域吧？」

大學的話是這樣沒錯……如果是高中，在教室這個區域，班導的領域性肯定恰到好處吧。

「可惡，我明明順利升學沒留級，卻以這種形式嘗到苦頭……如果我還是直江津高中的學生……！」

「如果還是那裡的學生，就不會特別發生什麼事吧。你的人生大概就不會發生任何大事了。頂多就是和戰場原黑儀分手。」

說話真是不留情面。

話說回來，我深刻感受到自己總是在接不熟對象的委託……完全想不到家住副教授常去的地方。

不過也可以說，正因為她是這樣的人，才能漂亮失蹤到只留下樓頂小熊布偶這種程度的痕跡……

「說得也是。一般來說，就算要失蹤前往某個地方，也會先回家一趟再整裝出發，她卻是直接從職場消失，只能猜測是早就做好準備。」

斧乃木說。

以她的角度來看，這應該只是她不經意說出的表層感想，並不是真的這麼認為，不過正是這段話令我靈光乍現。

「斧乃木小妹！妳剛才說了什麼？不對，是前一句！」

「你搶話搶太快了。哪一句？『直接從職場消失』這一句嗎？」

「不對，是前一——等等，是這句沒錯，抱歉抱歉。」

「你只是想多講幾次『不對，是前一句』吧？所以怎麼了？」

「如果是在自己的車上，這樣適合嗎？」

我說。

「關上車門就可以提高隱私感，雖然不是公共場所，但她本人也不是一直待在車上，所以領域性應該比不上自家或研究室吧？」

「嗯……這個選項不錯，但我不確定。而且這麼一來就要回到公寓，這部分沒問題嗎？」

回去那裡確實不太妙。

停車場的所有車輛都被我害得爆胎，而且連我的金龜車也停在那裡。在這種惡劣的條件下，我沒蒙面就不想接近。

然而……

「如果家住副教授沒回家就直接失蹤，她用來通勤的自用車，應該就這麼停在大學旁邊的停車場吧？」

026

容我誠實以告，對於家住副教授一無所知的我，不知道她是否開車通勤，也不知道她失蹤時是否留下車子……反倒是如果以正常邏輯思考，既然有車應該會開車失蹤才對。

因為那是非常方便的代步工具。

所以剛才那段話是完全沒有佐證的冒失發言。

不過，如果不只是失蹤，而是想要完全銷聲匿跡，將前後掛著車牌號碼供人識別的車子開著走，等同於掛著名牌在旅行。

說不定和自家一樣，甚至沒將失蹤相關的線索處理掉，就這麼扔著不管……應該值得一試吧？

我不認為事情會順利。

既然期待這種偶然性，走一步算一步的暴力攻擊法也是必要手段……掌握要領追求效率的做法，我早就放棄了。

漫無計畫愛繞遠路的這種傢伙，有時候也有古怪的幸運之神看不下去出手相助……曲直瀨大學旁邊的特約停車場，包括我平常使用的場所在內絕對不算少，即使斧乃木的機動力強，要進行地毯式搜索也沒那麼容易吧……因為我們不知道家住副教授的自用車品牌，甚至不知道她是否有開車。

即使如此，總之還是先展開行動（要是一直在浪白公園說廢話，恐怕會被八九寺察覺不對勁），前往暑假期間的曲直瀨大學（使用「例外較多之規則」——我把結冰的帽子與外套脫掉了），得知一件完全沒預料到卻理所當然的事實。

校區有職員專用的停車場。

這裡離我平常的動線很遠，即使從附近經過，也可能因為是和我這個學生無關的區域所以沒放在心上……別說無所不知，我甚至連自己就讀的大學都一無所知。

而且現在是暑假期間，只在寬闊柏油地面廣場畫上橘色車格的這座停車場，車輛並沒有很多。

零星分散在各處。

這麼一來即使時間有限也可以清查完畢，而且甚至沒這個必要……會這麼說是因為該處有一輛別具特色又顯眼的車子。

與其說有特色，應該說只是顏色不一樣……總歸來說，是一輛滿布塵埃變得髒兮兮的車。感覺像是棄置在這裡……光是任憑風吹日晒短短幾天，車子就會變成這副模樣嗎？

明明只是車主失蹤被扔在這裡……不過這輛車好像相當高級。畢竟是左駕的進口車。

「感覺像是被虐待的車子。」

斧乃木這麼說。這對於車主來說是強烈的批判，卻說得很有道理。這是身為道具才說得出的形容方式。

屋子沒人住很快就會受損的這個說法，似乎可以直接套用在車子上……這也方便我們進行接下來的儀式。

「看來沒監視器，很好很好。」

我觀察周邊之後說出完全是罪犯的感想，不過基於這層意義，這輛車不是停在特約停車場是我最大的幸運……在那棟公寓的停車場，不知道監視器是否拍到毛毯讓每輛車爆胎的奇怪現象，不過要是這裡的監視器拍到我們對這輛棄置車亂來的影像，那我們完全是偷車賊。

然而不能繼續拖拖拉拉了。

如果就這麼找不到車主，這輛車遲早會被拖吊……我想盡快開工。說起來，光是將女童帶進大學校區，就已經相當引人注目。

「也沒安裝行車紀錄器……那麼再來只要連接電力系統吧。」

「不要說這種做不到的事。鬼哥哥你能做的只有把風。」

我被女童當成小弟使喚……哎，她說得沒錯，製作怪異的儀式，我想幫都幫不上忙。

「不過斧乃木小妹，妳要怎麼進去？話說在前面，不准打破車窗喔。」

「你以為我是多麼粗暴的傢伙？我沒要打破車窗。」

破壞神說完之後，啪嘰一聲破壞後車箱的鎖，趁著我啞口無言的時候，迅速拿走我放在口袋裡的小熊人偶。

「那麼，晚點見。麻煩把風半小時左右。這是只有鬼哥哥能做的工作喔，靠你了。」

她說完俐落折疊身體，像是被綁架的少女般剛好收進不算大的後車箱，從內側關閉車廂蓋。

對喔，儀式並非一定要坐在駕駛座或副駕駛座進行……像這樣關閉車廂蓋，外面就看不見車內的狀況，所以後車箱可說是不錯的選擇。

即使沒有監視器或是行車紀錄器，要在車上進行長達半小時的儀式，還是需要相當的膽量。對於斧乃木來說，後車箱裡的黑暗不足為懼。而且她不像我光是被關進空隙那麼多的籠子就洩氣，終究不會有什麼幽閉恐懼症吧。

為了賦予小熊生命，後車箱裡到底正在進行什麼禁忌的儀式？雖然挺在意的

（只聽到呼溜呼溜的奇怪聲音……呼溜呼溜？），不過無知的我最好別知道吧。

我這種冒失的傢伙最好別知道……

斧乃木將心血注入小熊的這段期間，我受命監視車外以免外力阻撓，不過明明不是職員卻在職員專用停車場閒晃，我這種可疑人物才應該是被監視的對象，所以我甚至覺得剛才乾脆和斧乃木一起進入後車箱比較好，但斧乃木沒給我這麼做的時間，想必不只是因為後車箱會很擠，更是要避免我學到不必要的知識吧。

不管怎麼說，這個女童在各方面都顧慮得很周到……她應該是刻意把我蒙在鼓裡，不讓我受到更多詛咒。

確實，光是兒時玩伴對我的詛咒就讓我吃不消了……而且這次事件的開端也是那個傢伙。

真受不了那個可愛寶貝。

另一方面，反過來說就是斧乃木正在冒這麼大的危險。對於專家來說或許不會很危險，但我基於這層意義狂冒冷汗。

至少不能扯她的後腿，所以我決定假裝成值得嘉許的學生，勤快清理停太久而沾滿塵土的恩師愛車。我沒有清潔劑與刷子所以做不了什麼，不過至少能用手清除髒汙。原本也想過拿那頂滑雪帽代替毛巾，不過一度蘸滿口水的帽子拿來打掃別人的車應該不太妙，所以我打消念頭。

清掃的時候，可以從車窗看見車內，但是沒有特別奇怪的地方。比方說貼了貼紙，前座加上各種裝飾，或是後座擺滿從娃娃機夾來的布偶之類，車上都沒有這些東西。

所以即使破窗或是以任何方式進入這輛車，也沒有任何布會襲擊我……不對不對，說不定腳踏墊會朝我撲過來？

「……嗯？」

此時我停止擦拭車窗的手。雖然也是因為手已經黑漆漆無法繼續清掃，然而不只如此，我覺得車內的模樣莫名不對勁。

如前面所述，車上肯定沒有任何令我驚慌失措的要素，我卻注意到某處……不是爸爸人偶所躺的第三個房間那種布景感，也不是覺得像是汽車經銷商展示的新車……這輛車有生活感，應該說有使用感。

那我是在意車內的哪個要素？

如果能成為對各種事物靈光乍現的人，人生應該會更加簡單吧……不過這樣或許比較辛苦。

要是有靈光乍現的按鈕該有多好。

說起來，車內沒有令我在意的要素吧……或許我並不是在意車內「有」某個東西，而是在意車內「沒有」某個東西，是這種類型的大家來找碴嗎？

不過，車內有方向盤，有油門與煞車……也有後照鏡、打檔桿與手煞車……不是這種基本裝置？

只是在意方向盤在左側？不過我的金龜車也是左駕，所以左駕本身我反倒已經看習慣了。我的車子有，這輛車子卻沒有的東西……不只是駕駛座，副駕駛座也……

「……啊～～對對對對。」

我知道了我知道了。知道之後甚至感到難為情……

其實我不想寫出來。不過既然已經明顯鋪陳成這樣，即使和正事無關，我也不能三緘其口。

果然是副駕駛座——是兒童座椅。

我的金龜車副駕駛座安裝了忍專用的兒童座椅，這輛車卻沒有，如此而已。只因為剛好都是左駕，所以這部分令我感到突兀。

真是的，在課題堆積如山的這種時候，我到底是在注意什麼？

整體來看，沒有兒童座椅這種選配裝置的車明明比較多……

因為如果沒有孩子，就完全不是不可或缺的要素。車主有孩子吧？

家住副教授是三歲女兒的母親……

嗯？不對，三歲女兒唯唯惠是唯唯惠人偶……可是，如果家住副教授把那個人偶當成真正的「親生孩子」……

因為是虐待對象，所以沒準備兒童座椅當成虐待的一環？哎，或許吧。

畢竟既然關在籠子裡，應該也沒機會帶著外出。但她並非總是把女兒監禁起來，肯定也有過「虐待之前」的時期……

而且，設置兒童座椅是法定義務吧？我只是因為喜歡忍塞在小小座椅上的坐姿，所以無關於道路交通法擅自安裝，不過我記得買車的時候調查過，若要讓六歲以下的孩童上車，一定要安裝兒童座椅。

補充一下，忍的外表是八歲兒童。

考慮到安全，應該也有人認為根本不應該讓嬰兒坐車吧……我自己也覺得不必拘泥於這一點。畢竟提到法律的話，虐待兒童本來就是天理不容的犯罪……但是回想起我在嬰兒房感受到的「愛情殘骸」，就覺得家住副教授因為再也不覺得唯唯惠（人偶？）可愛，就將一度安裝的兒童座椅拆下扔掉的行動不太相稱。

家住副教授的虐待是棄置型。

正因如此，插在背上的水果刀才會令我明顯感到矛盾。那麼，兒童座椅也要認定是別人拆除的嗎？不過兒童座椅這種東西，大部分的地區應該都會當成大型垃圾……肯定難以處理。

「早知道不該察覺」的後悔，逐漸變貌成為另一種後悔……要是就這麼進行這項考察，可能會抵達某個非常沒意義的終點。我有這種預感。

我剛才想要靈光乍現的按鈕，現在卻想要靈光不現的按鈕。這種任性的願望一般來說不會實現，不過運氣在這時候也站在我這邊。

既然運氣還沒用完，可以的話我希望能在其他場面站在我這邊……總之，我自己都無法阻止的這段思考，被來自外部的壓力中斷。

回過神來似乎過了不少時間，斧乃木說著「鬼哥哥，久等了」爬出後車箱。

「開心一下吧，儀式成功了。你看。」

就算要我看，我卻無法盡情為這個結果感到喜悅。

即使看見站在斧乃木手心的小熊人偶，或是相隔半小時看見斧乃木的臉，都無法感到喜悅。

總是毫無表情的斧乃木臉上，首度出現變化。對此，我個人想要盡量挑選妥當的形容方式，不過愈是雕琢文字似乎愈會變得不妥，我就乾脆毫不矯飾據實以告吧。

斧乃木的右眼被挖掉了——空了一個洞。

而且她手心上呼溜呼溜蠢動的小熊人偶臉上，嵌著她的右眼珠。

027

眷屬化，使魔。

將自己身體的一部分嵌入人偶，製作成自己的分身。坦白說就是這種程序，不過只能說恐怖。

恐懼更勝於驚嘆。

注入的不只是心血，甚至是血肉。

斧乃木的外型畢竟是女童，所以至今我不曾覺得她看起來恐怖，但她即使單邊眼睛剩下眼窩也依然面無表情向我搭話，終究只像是恐怖片。

她的面無表情已經不是毫無表情了吧。

原本應該是如同傀儡在斧乃木手心做出奇妙動作的小熊人偶比較恐怖吧……不對，不能被騙。嵌入眼珠的小熊人偶也十分嚇人。

其實我甚至可以當場昏倒。

雖然早就察覺老舊小熊人偶臉上的兩個眼睛脫落，卻沒想到斧乃木以這種方式「修理」欠缺的部位……

簡直是製作了一隻凸眼怪物吧？

「事……事到如今，居然出現真的不能改編成動畫的這種外型……難怪我不能參加儀式。」

「因為鬼哥哥是眼珠迷啊。表面上假裝嚇到，其實這個洞讓你很心動吧？」

「不准對我植入這種比戀童癖更糟糕的嗜好。咦？這真的要用眼珠才行嗎？一般來說，製作分身不是使用頭髮之類的嗎？」

「我不是孫悟空喔。總之用頭髮也行，不過請使魔帶路是這個作戰的點睛之筆，所以我覺得安裝眼睛比較好。」

「不准開這種不好笑的玩笑。為什麼妳覺得有辦法把現在的我逗笑？」

「是著眼點的問題。」

「問題不是著眼點，是眼鏡。把事情交給妳的結果真是令我跌破眼鏡。」

「居然說我『沒眼睛』……總之，五千圓的工作就是這種程度。」（註6）

我一直以為那是很帥氣的臺詞，沒想到是因應報酬偷工減料的宣言……這種買家懊悔還真是少見。「沒眼睛」這句雙關語的好笑程度也打折扣了。

總之，既然有「瞳孔」，那麼「孔」也算是「眼」的一部分吧……

「可惡，早知道會變成這樣，我應該實施日本國民一人出一圓的集資計畫，準備一億圓的酬勞給妳……」

註6　日文「眼鏡」與「沒眼睛」音近。

「別把小學生的幻想說得像是現代的經營手法。」

「那個……斧乃木小妹，搞笑歸搞笑，報酬歸報酬，妳那樣真的沒事嗎？那個洞之後可以完整復原嗎？」

「不必擔心喔。我是屍體，這種程度的損壞不痛不癢。不用顧慮，儘管對我報以如雷的掌聲吧。或者是朝這個洞狂吻如雨下也沒關係。」

「不准考驗我的愛情。」

「說起來，和撫公玩的時候，我曾經變成更慘的模樣。」

「所以妳到底在和千石做什麼？」

「裝回原本的位置就會復原了。即使成為無法復原的最壞結果，到時候也只要變成眼罩角色就好。」

「就說妳事到如今別再更改角色設定了！妳維持現在這樣就很有特色了！」

「很高興聽你這麼說，但是別以為現在的我就是所有的我喔。我在戰時就會戴著眼罩。」

「滑鐵盧戰役？」

「錯，斧乃木戰爭。」

「以前發生過用妳的名字取名的戰爭？」

歷史課應該不會教吧。

既然她說並非不可逆的改造，我就稍微鬆了口氣，不過今後看來不能貿然委託斧乃木做事了。

她面不改色就敢傷害自己的身體。

我完全忘記剛才正在想什麼事……好像是兒童什麼的？兒童退熱貼嗎？我確實想冷卻一下腦袋。

總之，暫時將注視斧乃木的雙眼移開吧……我不是在說有趣的雙關語，而是如字面所述移開雙眼。

現在要注意的是經歷呼溜呼溜的恐怖儀式之後，注入靈魂的小熊人偶。

不過與其說是使魔，感覺更像是驅魔用的人偶……咦，怎麼不知不覺從斧乃木的手心消失了？

仔細一看，大概是趁著我們拌嘴的時候跳下去，安裝眼珠的小熊人偶慢吞吞走在停車場柏油路面的格線上……看起來隨時會跌倒，真要跌倒的時候卻又向後仰保持平衡。

動作也很恐怖……

就像是傲慢的人類以基因實驗從零創造的新生命體……難怪製作這種東西是禁忌。看來今後即使被臥煙怎麼修理都不能違抗……唔喔，走過來了。

「為它取個名字吧。說不定會產生感情。我突然想到，叫它『曆』如何？」

「拜託取個和家住准教授相關的名字。至少取個和妳相關的名字好嗎？」

「曆二號，你嘰嘰喳喳吵死了。」

「我是二號？」

「讓路給曆吧，曆二號。不然我要把你降級成三號喔。因為它已經開始帶路了。」

是這樣嗎……原來小熊人偶不是漫無目標迷失在現世，而是早早就想回到原本的主人身邊嗎……

雖然一開始不以為然，不過既然飛天毛毯為了報復自己受到的虐待而去找家住副教授，那麼這個小熊人偶即使原本就隱藏這種指向性也不奇怪……反倒是目前場中正在按照命令工作的只有這個人偶。

看看我和斧乃木現在是什麼樣子。

「不過，事情這麼順利是不是不太妙？裝著眼珠的小熊人偶眼睛滿布血絲，不顧旁人眼光走在路上耶？」

「你說得很順，事情也進行得很順利，所以這種小事可以睜隻眼挖隻眼。」

「因為小事就挖隻眼還得了？妳要說的應該是閉隻眼吧？」

「挖掉所有目擊者的眼睛。」

「聽到妳這句話，我可不能睜隻眼閉隻眼，會去向影縫小姐告狀。」

「不過姊姊經常說這句話喔。好了，鬼哥哥，別胡鬧了，快假扮成傑佩托爺爺吧。」

「居然要求我飾演這麼難的角色……總歸來說，就是要我假裝用鋼琴線操控傀儡吧？」

「就是這樣。現在設定成我們兩人都是大學馬戲團社的新社員，跳級入學的我擅長盪鞦韆。」

「既然這部分的設定這麼用心，從一開始就應該擬定更縝密的計畫。我們也太喜歡走一步算一步了吧？」

「說到走一步算一步，來，這個拿去。後車箱裡的礦泉水。應該是防災的應急用品，不過是氣泡水，很像是歐洲出身的老師作風。帶在身上吧。」

「嗯？但我不渴啊？」

「小熊失控的時候就潑它水。」

明明取了名字，而且是用我的名字，卻這麼不留情……根本沒產生感情吧？

「因為即使順利找到，如果知性老師被小熊解決掉，我難免會感受到道義上的責任。」

「應該是無限的責任吧？」

我重新體認到這次使用了禁忌手段。

小熊人偶搖搖晃晃的動作，就我看來已經像是失控了。

但也是因為這種尺寸的小熊人偶原本別說步行，應該也沒設計成可以直立，加上頭部現在安裝眼珠，導致重心極度不平衡吧……

「使喚使魔和照顧動物很像。包括安樂死在內，都是飼主的責任吧？」

「還以為妳要嚴詞闡述對於生命的責任，害我瞬間緊張了一下，不過斧乃木小妹，這妳就錯了。」

不過原來如此，「水是弱點」是我剛才得出的情報……也就是說這個使魔也不例外吧。

然而這個弱點似乎和斧乃木無關，她打開自己的寶特瓶礦泉水大口喝。大概是臨時進行儀式累了吧。

「噗哈，稱不上是冷的。溫溫的氣泡水很獨特。」

「因為原本是放在後車箱啊……斧乃木小妹，妳打飛爸爸人偶那時候我就在想，妳明明是人偶卻對人偶很冷淡耶。」

「所以你想說我才是冷的？我不是冷的，我也沒這麼說。不該說『明明是人偶』，應該說『因為是人偶』，所以我不會投入奇怪的情感，也不會投入不奇怪的情感，更沒有幼稚的同族相忌。我做過讓你誤解的舉動嗎？人偶就是人偶。對人偶投入情感應該是人類的專利吧？鬼哥哥是如此，知性老師也是如此。」

「…………」

我光是看見斧乃木的眼窩就驚慌成這樣，所以難以反駁。投入情感嗎……
「正是這種情感導致人偶化為怪異嗎？」
「天曉得。不過讓我復活的那時候，很難認定姊姊他們注入這麼強烈的情感就是了。好啦，必須好好跟著，不然會跟丟小熊喔。」
「啊……」
雖然跋涉得踉蹌又緩慢，不過就像是「一二三木頭人」那樣，回過神來，安裝眼珠的小熊人偶已經搖搖晃晃走好遠了……走得搖搖晃晃的這種速度明明不可能走這麼遠，難道是在我移開視線的瞬間拔腿狂奔嗎？
不過，如果它行動的速度沒這麼快，確實連太陽都要下山了……畢竟腳步不寬，看起來也不像唯唯惠人偶能飛行。
「嗯，功能維持在最底限。如同剛才說的，是減弱病毒的毒性。要是它失控或增加同伴會很頭痛吧？它沒有意志，也沒有知覺，如果這麼想可以讓內心放輕鬆，就把它當成遙控玩具吧。」
「那麼，我們別只是跟著它走，而是好好輔助它，逐漸查出家住副教授的下落比較好嗎？」
別當成最先進的導航系統，必須以指南針之類的基準來思考……移開視線就會高速行動的假設很吸引我，不過要是因而將人造生命放生，將會造成無法挽回的後果。

唔……咦？

可是，它要去哪裡？

往那個方向前進會撞到校舍……它的智能也維持在只會迴避牆壁的程度嗎？是這樣的話很可憐，不過想到這種同情心會害得世界陷入危機，就會被這種不必要的兩難所苦。

此時，手機震動了。

是收到電子郵件的通知。而且是幾乎同時收到兩封。

我將寶特瓶換到另一隻手，一邊注意好好看著安裝眼珠的小熊人偶，一邊從口袋取出手機確認兩封郵件的寄件人。好消息與壞消息各一，大概是這種感覺。寄件人是食飼命日子與阿良良木月火。

先檢視壞消息，也就是月火的郵件，內容是她這趟健行就這麼沒找到屍體解散了，所以接下來真的要去撫子家玩，這麼做是因為不想對自己的好朋友說謊，信中還附上滿滿的☆。

千石。

我不知道該怎麼向妳道歉。

再來是好消息……不對，從內容來看，這或許也應該歸類為壞消息。

『阿良良木親～～你上次委託的東西，我解讀出來了喔～～抱歉不小心花了太多時間～～以下全文～～』

內文也是一如往常始終如一的輕鬆調調，然後……

『（※內容包含殘酷表現，閱讀的時候要做好心理準備喔～～）』

看到命日子難得透露危險的這句話，我不得不認為是壞消息。

「…………」

「鬼哥哥，怎麼了？收到什麼奇怪的郵件嗎？」

看到我在這種時候停下腳步，斧乃木理所當然這麼問。

「是遺書。」

我率直回答。

「我收到的是老師的遺書。」

「嗯？《暗夜心路》嗎？」（註7）

註7　夏目漱石的著作《心》，最初在報紙連載時的副標題是《老師的遺書》。

028

「致阿良良木同學。」

「你這個得意門生的語文能力應該翻譯不出來，所以我放心留下這封信。你願意收下的話，我會很高興。希望你沒有精通四國語言的朋友。」

「好啦，要從哪裡說起？一言難盡就是了。」

「我好期待。」

「但是別太當真喔。」

「因為我的人生盡是謊言。是靠著逼真的演技勉強東騙西騙，在瞞騙之中走到現在。」

「老實說，我完全不知道坦率說出真正的心情是什麼感覺。開口說話不就是要說謊嗎？」

「開玩笑的，我並不是正經提出這種主張。只是因為這樣很像是信件的開頭才試著這麼說，說穿了就像是睡覺說的夢話。」

「我擅長睡覺喔，這是真的。」

「畢竟我的人生像是一直在睡覺，像是一直維持著死亡——說起來根本沒活著。」

「因為我是人偶。」

「是的……要告白的話，果然應該從這部分開始吧。」

「我在短短的時間內對你說了許許多多的謊，為了得到你的原諒，我得先博得你的同情。」

「想爭取酌情減刑的餘地。」

「必須讓你認為我很悲哀，是個可憐人，所以願意原諒……老實說我沒有這種像是顧慮的想法，不過這樣應該比較容易讓你接受吧。」

「你不想認為奇怪的大人利用了你、欺騙了你吧？雖然我說這種話沒有說服力，不過我希望孩子相信大人。」

「不希望你變成我這樣……這句臺詞挺老套的，但我真正想說、真正希望別人對我說的話語完全相反。」

「變成我這樣吧，人生會很快樂喔。」

「我想遇見會這麼對我說的大人……啊，就算這麼說，我也不會胡說八道要你代替我變得幸福，這你不必擔心。」

「這種擔心是多餘的。」

「我想，你最在意的應該是『為什麼選上我』，其他的問題或許一點都不重要，但我就賣個關子，留到最後再回答吧。」

「樂趣就保留到後面吧。」

「對你來說肯定不是愉快的答案，但我希望你把這封信看完。」
「先說一件事，這和老倉同學沒什麼關係……請理解這不是她的錯。」
「要對她好一點喔。」
「那就開始上課了。好好享受吧。」

029

「我尊敬的人是父親，深愛的人是母親。」
「對於面試官這個問題，能夠毫不猶豫像這樣回答的求職大四生，正是我所尊敬、深愛的對象。」
「也就是敬愛。」
「我內心某處也把親情當成很偉大的東西，但這種感覺只存在於我內心。」
「不存在於家裡。」
「也不存在於籠子裡。」
「我說過像是『虐待連鎖』的話題吧？因為沒得到父母的愛，所以不愛自己的孩子……不過基於這層意義，我的父母是了不起的人。」

「是了不起的兩人。」

「獲得夢想中的工作，在異國活躍，甚至取得國籍……周圍的人們應該也尊敬他們，深愛他們。」

「他們是了不起的兩人，這兩人沒能變成了不起的三人，只是如此而已。」

「爸爸是小兒科醫生，媽媽是童裝設計師……雖然我很少這麼想，不過兩人就某方面來說都是兒童的專家對吧？」

「專家。」

「我覺得他們技術很好。畢竟爸爸沒讓我死掉，媽媽一直做衣服給我。」

「『羽衣』在我這個世代是很稀奇的名字吧？這個名字是媽媽為我取的。輕羽之衣。」

「羽衣傳說。」

「他們是基於何種原委前往瑞士，並且在當地成功？兩人是怎麼相識的？要我在這裡長篇敘述這段光榮事蹟也沒問題，但還是算了吧，嗯。」

「因為我不想炫耀父母。我不會基於害羞以外的理由做這種害羞的事。」

「不過，只要回顧我自己的經歷，就會發現我也在做類似的事，處於類似的立場吧？」

「他們也曾經遭受殘酷的對待嗎？所以才讓我遭受殘酷的對待嗎？」

「龍生龍，鳳生鳳。」

「記得有諺語是這麼說的吧。」

「好像也有一句是江山易改，本性難移。這些諺語我後面會再引用一次，所以要記得喔。」

「我忘記的話請提醒我。」

「我剛才說要開始上課了，所以基於習慣不小心使用上課時的語氣，不過我原本沒資格教別人東西……真要說的話是沒這個本事。這不只是比喻，同時也是字面上的意思。」

「如果我是個老實人，就不會任職於國立大學。即使你沒能解讀這封信，也遲早會穿幫吧。我其實是冒牌教師。」

「若要不怕誤解勇敢說出口，那麼父母是愛我的。我這種想法或許會被批判是一種斯德哥爾摩症候群，是親子的共犯關係，不過即使扭曲，我依然覺得那是愛情。」

「不過，孩子即使被虐待依然會把父母視為父母的這種想法，只會令我作嘔就是了。」

「至少以我的狀況，雖然不曾在任何一天以學生身分就讀任何種類的學校，習得的教養卻足以在異國大學執教。對於學校的憧憬使我成為大學教員，這麼想就覺得挺諷刺的。」

「他們愛我。」

「可是沒對我付出敬意。」

「懂嗎？就是不把我當人看的意思。」

「當成人偶，當成布偶。」

「像是玩具那樣疼愛我。」

「我是他們兩人的泰迪熊。」

「熊很可愛對吧？為什麼會那麼可愛呢？」

「不過，可愛的只有小熊。」

「成年的熊很恐怖。不能稱為『熊寶貝』對吧？會想加上『先生』或是『女士』之類的稱謂。」

「長大之後依然可愛的動物只有熊貓……我很想這麼說，不過熊貓肯定也是小時候比較可愛。」

「阿良良木同學，是不是也有人對你說過『以前明明那麼可愛』這種話？總之孩子不會按照父母的想法長大。套用『酷日本文化』的說法，就是角色會擅自動起來吧？」

「回頭說我父母的事。」

「我家的事。我家籠子的事。」

「我是兩人的泰迪熊……他們兩人不喜歡小熊成長茁壯。非常不喜歡。希望永遠都是可愛又麻煩的小寶寶。」

「所以……」

「他們不把我養大。」

030

「兩人首先將我扔進親手製作的籠子。小心翼翼從嬰兒床換到籠子。」

「金魚不能養在太大的水槽對吧？因為會長得和水槽一樣大。」

「如果想維持金魚的大小，就不能養在更大的水槽……總之，我覺得這就像是都市傳說，不過他們兩人這麼做了。」

「以專家的身分，以父母的立場。」

「對親生孩子這麼做。」

「將我監禁在經過縝密計算的牢籠，不是因為嬰兒會到處爬行弄髒家裡，或是纏在身邊很煩人，是要阻止我的身高與體重成長。」

「懷抱著愛情。」

「懷抱著願望。」

「希望羽衣永遠不要長大。」

「希望羽衣永遠是可愛的小羽衣。」

「我不可能有嬰兒時期的記憶，不過受到這種拘束，當時的我應該是嚎啕大哭吧。」

「發出尖銳的哭聲吧。」

「不過，哭泣是嬰兒的工作。」

「他們覺得這樣的我惹人憐愛。對我的這種虐待甚至不算是管教。」

「他們自認這是一種溺愛。」

「真的會忍不住反覆思考吧？」

「究竟是以何種方式養育，才會成為那樣的父母……好想看看他們父母長什麼樣子，這個想法很滑稽嗎？」

「在這個國家，我總共有四位爺爺奶奶，但我事到如今不想見他們……他們應該已經不在人世了吧。」

「總之，要是從懂事之前就一直被監禁，遲早會認為這是理所當然吧。」

「我不知何時不再哭泣。」

「因為哭泣只會浪費水分。」

「為了活下去，水分很重要。我為了活下去而唯一主動做的努力就是『不哭泣』。」

「像是要用來製作法式肥肝的鵝，被監禁得動彈不得的我，同樣像是要用來製作法式肥肝的鵝那樣隨時被灌食……你應該沒這麼認為吧？」

「甚至想像得到是完全相反吧？」

「爸爸與媽媽不讓我攝取營養。因為要是這麼做，我可能會成長吧？」

「母乳當然是不可能的。」

「我剛才說沒有嬰兒時期的記憶，不過我隱約記得媽媽在廚房擠自己的奶，把我用來成長的營養素全部作廢。」

「大概吧。這可能是虛假的記憶。說不定爸爸覺得浪費就喝掉了。這是成人玩笑話。」

「我喝的是普通的水。」

「不過，我說這是『普通的水』並沒有任何惡意……因為我就是因此維持了生命。」

「維持普通的生命。」

「可是，既然喝的是這種東西，吃的東西也可想而知吧？當成是猜謎吧，要猜猜看嗎？這是九成七的嬰兒能答對的問題。」

「至少不需要斷奶食品吧。因為沒什麼好斷的，我本來就沒喝過奶。」

「基本上什麼都沒吃。」

「不吃就不會胖。我要不要出一本《斷食減肥法》？」

「真的，該怎麼說，我覺得自己幾乎像是乾貨。像是只剩皮包骨的扁平木乃伊，像是處理軟化之後的皮革。所以如同以水分泡發那樣。」

「水分也不是一直可以無止盡攝取到體內，所以雖然基本上不吃不喝，依然會三天一次，五天一次，一週一次，或是一個月一次，總之偶爾會吃水果。」

「像是蘋果、水梨、香蕉、橘子、哈密瓜、酪梨、榴槤。」

「爸爸會以水果刀削皮，配合我的嘴巴大小切成小塊。我的嘴巴很小。所謂的櫻桃小嘴嗎？牙齒也完全沒長出來。」

「你覺得爸爸讓我吃這種意外有營養的食物？」

「說得也是。」

「但我吃的是皮。蘋果、水梨、香蕉、橘子、哈密瓜、酪梨……的皮。」

「像是經過軟化處理皮革的我，舔著經過處理的果皮。」

「像是繞口令？」

「據說果皮附近濃縮了水果的美味，實際上是如何呢？至少只吃這種東西的我，手腳並沒有順利成長。」

「爸爸與媽媽的願望完全成真了。」

「他們實現了夢想。」

「我是長不大的嬰兒。」

「一直維持剛出生時的體重。」

「當然，因為慢性缺乏營養，所以容易生病，我自認是比一般嬰兒更麻煩的孩子。爸爸在家裡就像是一直在治療我……爸爸身為小兒科醫生的技術，或許意外是在自己家裡磨練的。」

「媽媽把我當成換裝娃娃。」

「為我做了好多衣服。充滿愛情的洋裝。我就像是陳列用的假人模特兒……畢竟我動彈不得，比假人模特兒更無法亂動。在籠子裡至少還是可以扭動身體，但我不想做這種沒意義的事情消耗體力。」

「要玩雕像遊戲的話，我想我現在還是可以玩得很好。」

「只因為翻身就可能沒命的危機感，你體驗過嗎？這種膽顫心驚的感覺會上癮喔。」

「我是這種虛弱的體質，所以穿媽媽做的衣服其實很辛苦……衣服該不會比我自己重得多吧？」

「哎，畢竟我的名字是『羽衣』。」

「即使輕得像是在飛翔也不奇怪吧……話說《羽衣傳說》是怎樣的故事？」

「好像是一個男人發現仙女在森林裡的湖泊沐浴，偷走掛在樹枝的羽衣，逼仙女想要拿回去就必須和他結婚？」

「真是不得了，完全只有犯罪的要素。」

「犯下偷窺、竊盜與恐嚇罪的他，後來和仙女生了寶寶嗎？雖然不知道後續劇情，但我由衷祈禱不是『一家人永遠過著幸福快樂的生活』這種結局。」

「總之，我正如父母為我取的名字那樣長大了……扁平，像是布一樣輕，像是布一樣薄的人生。」

「到這裡我總結一下。」

「我在房間的籠子裡，一直沒被養大，以嬰兒人偶的形式活到現在——長達二十年左右。」

031

「我維持嬰兒的模樣成人了。」

「老實說，我很驚訝自己居然沒死。我的嬰兒資歷比阿良良木同學至今的人生還長。連我自己都不敢相信。」

「那段時間該不會都是一場夢吧……真正的我或許在幸福的家庭溫暖長大。我如此希望。」

「順帶一提，雖然剛才提到成年，不過瑞士的成人年齡和日本不同，而且父母大概沒提交我的出生證明，所以我或許沒被認定是人吧。」

「至少附近鄰居好像不知道我的存在……聽說也有國家規定聽到孩童哭聲沒報警的話是犯法，不過如前面所述，我是不會哭泣的受虐兒童。」

「爸爸與媽媽，以堅定情誼結合的兩人攜手合作，才能成就這種虐待吧。」

「不過，兩人在教育方針似乎持不同意見。以結果來說，我因而得救了。」

「不過這只是以結果來說，在這段過程中，我的背部被狠狠捅了一刀……」

「爸爸希望我成為天才兒童。」

「媽媽希望我是一個笨小孩。」

「總歸來說，爸爸認為我既然外表可愛，內在聰明一點比較好，不過媽媽認為連內在也一樣是嬰兒比較好……實際上不能這麼單純分開來看，雙方也都有自己的想法吧，不過基本上，媽媽一直用嬰兒語氣對我說話，爸爸以瑞士標準的四國語言教導我。」

「因為是醫生，所以有學歷信仰嗎？還是說，爸爸覺得天才寶寶的角色設定比較萌……貫徹『不養』的這個原則，卻只有『教育』是唯一的例外，而且是瞞著媽媽進行的。」

「這份『教育』使我獲得現在這份工作，不過在這之前，父母賜給我極少數恩惠之一的語言能力拯救了我。爸爸自己應該沒有這個意思，不過孩子不會順著父母的意思長大。」

「即使是缺乏營養的大腦，這二十年來也不是一直在發呆。再怎麼認為待在籠子裡是理所當然，只要為了學習語言不斷研讀例文，還是會知道籠子外面的事情。」

「光是聽父母的對話也有提示……懂語言就能對話，能對話就能溝通，能溝通就能說服。」

「我將爸爸鎖定為目標。」

「回想起來，我真是一個爛透的女兒對吧？因為我想在父母的情感留下裂痕……不過，既然兩人藉由合作成功隱匿虐待行徑，我就只能摧毀這份堅固的搭檔關係。」

「我不認為可以阻止虐待。」

「不過，我認為可以結束虐待。記得是我成為十五歲嬰兒的時候吧，也可能更晚一點，我向爸爸撒嬌提出一個要求。」

「『殺了我』。」

「……我不是認真這麼要求，是想喚醒他的良心。」

「我很想這麼說，但我當時應該是認真的，肯定抱持著『順利的話就能被爸爸殺掉』的想法。這份想法甚至還比較強烈。」

「『愛我的話就殺了我吧』。」

「『用那把水果刀刺殺我吧』。」

「『我不想活了，我想死』。」

「趁著媽媽不在的時候，我一直對爸爸這麼說……說服他不是簡單的工作，而且很花時間，甚至稱不上成功。」

「不過，大約在我開始這麼說的五年後……」

「爸爸終於朝我的背部捅了一刀。」

「他的愛是真的。」

032

「只不過，我沒能在那時候死掉。」

「死掉的反而是爸爸。」

「看到籠子裡我的背上插了一把水果刀，半發狂的媽媽一刀刺在爸爸臉上，爸爸當場死亡。」

「然後媽媽失蹤了……應該說逃亡?她殺了搭檔之後銷聲匿跡。」

「被殺的計畫失敗，不過破壞父母情誼的計畫可以說是成功嗎……然後，爸爸與媽媽兩邊職場的相關人等，擔心兩人怎麼沒來上班而來到家裡，發現了爸爸的屍體以及奄奄一息的我……」

「我原本就是隨時奄奄一息的嬰兒，不過當時背上插著水果刀，所以是新手也很好懂的『奄奄一息』吧。」

「補充一下以便參考，我得救的原因說巧不巧，好像是多虧我營養失調……爸爸是醫生，應該是正確瞄準心臟，不過我的心臟比普通嬰兒還瘦一點?還小一點?聽說水果刀甚至完全沒傷到心臟。」

「該說我運氣好嗎……」

「從背部下手也是失敗的原因吧。如果爸爸有膽量正面看著我下手，肯定早就完成了。」

「完成爸爸的目的，也完成我的願望。」

「雖然不是剛才提到的羽衣傳說，不過沒人知道他們兩人有小孩，所以掀起好大一番風波……並沒有。」

「我當時重傷昏迷，外人猜不透隱情，加上會對世間造成過於強烈的負面影響，所以聽說媒體被管制報導。這種情報如今應該輕易就會在網路公開，不過當時連電腦都沒普及。」

「總之，就是這麼久之前發生的事。不過要是具體說明時間，我的真正年齡就會曝光……」

「比起背上被刺殺的傷，更重要的是我又瘦又小，甚至沒人清楚我為什麼可以活到現在，我就這麼住院接受絕對要保持安靜的治療。」

「對於不安詳也不平靜的我來說，這是終於獲得的安靜。」

「我的人生從那裡開始。至今落於人後，嬰兒人偶的人生——已經落後大約二十圈，明明再怎麼掙扎也追不上的人生，卻還是重新開始了。」

「攝取營養加上復健的每一天。」

「雖然不輕鬆，但是比起在籠子裡動彈不得的每一天奢華得多。甚至擔心自己是否可以每天維持像是偷懶的這種心情。」

「我由衷感謝醫院照顧我的大家……說正經的，我甚至想永遠住在醫院。」

「這恐怕是我第一次見到爸爸媽媽以外的人，然而我不是怕生的嬰兒。坦白說，當時也不是在意對方人品樣貌的狀況。」

「不過……」

「剛才說自己覺得像是在偷懶，哎，大概包含九成的逞強吧，即使如此我還是不屈不撓努力下去，是因為心想『必須盡早出院』……問我為什麼？」

「當然是因為，雖然沒能殺掉我的爸爸被殺了，不過殺掉爸爸的媽媽只是逃亡罷了，依然活在世間。」

「所以我必須早點逃走。」

「從逃亡者的手中逃走。」

「我想，媽媽或許會再度把我關進籠子……不，說不定會因為我違背媽媽的愛，在醫療設施成長茁壯，所以罵我一頓。」

「雖然這種說法很奇怪，不過比起被殺，我更害怕被罵。因為我的精神年齡是『二十歲的嬰兒』。」

「冷靜想想，成為殺夫嫌犯被通緝的媽媽，就算知道我還活著也不可能來找我，但是當時的我很難冷靜思考對吧？」

「不過，或許意外地要嚴肅面對這個危險。」

「包括我倖存的事實，媽媽殺害爸爸的消息沒有公開，這麼做或許是為了保護我。」

「為了從監護人那裡保護被監護人而隱匿情報，這是難以接受的假設……無論如何，我為了逃離媽媽而努力成長了。」

「也一直思考要逃亡到哪裡。」

「我早就想好至少要離開歐洲，不過最終選擇日本的原因，在於這裡是爸爸媽媽的出身地。」

「不是因為鄉愁。」

「原因是這樣的，依照我之前聽到的兩人對話，他們好像各自因故無法繼續待在母國，或者是討厭母國而出國，所以我覺得無論媽媽逃亡到哪裡，至少絕對不會出現在日本。」

「……同樣冷靜想想，就會發現這個想法很膚淺。」

「因為也可以換個方式這麼想。即使是以這種形式離開的國家，或者說正因為是以這種形式離開的國家，所以會當成最後的依靠。」

「其實我該不會是想再見媽媽一面，期待她會逃到母國，才會在日本進行埋伏作戰吧？我忍不住想懷疑自己。」

「沒能被爸爸殺掉的我，這次希望確實被媽媽殺掉嗎？還是說，我想對媽媽報復？」

「以為這麼做才能讓我的人生真正開始嗎？事到如今，當時的心境早就覆寫又覆寫，不確定原本是怎麼想的。」

「到頭來，我的真正意圖依然成謎，不過我像是被引導般決定前往日本。被人發現之後，我獲得的國籍當然是瑞士國籍，不過我已經不打算回去，決定取得永續住在日本的居留資格。」

「我為此結婚了。」

「若說我是為了居留資格結婚，聽起來會像是假結婚，但不是這樣。我做的事情更加過分。」

「不只是偽裝，是捏造。」

「我擅自將滿足條件的男性姓名寫在婚姻申請書，提交給公所。這裡說的條件有很多種，總歸來說就是居住在『被人擅自提交婚姻申請書也不會發現』這種環境的男性。」

「條件並不容易，我反覆觀察與調查，實際上好幾次差點穿幫，不得不從這個計畫撤退，不過我在最後和姓氏是『家住』的男性結婚，成功取得資格。」

「這是重罪就是了。」

「相較之下，編造經歷成為教師潛入國立大學的這種行為，我自己都覺得是小兒科。」

「只要拚命就沒什麼做不到的事。即使是犯罪。」

「年齡當然也是編造的。如前面所述。」

「我假裝年輕的資歷異於常人。」

「我在其他部分也老是在說謊。從姓氏開始就是假的，所以我無論在任何局面都在說謊。為了在這個國家活下去，為了平凡地活下去。」

「至今活在籠子裡的我，第二段人生被謊言圍繞——活在謊言裡。」

「老實說，我到現在都沒有實際活著的感覺。」

「偶爾會回過神來，冒出『我是在做什麼？』的想法。這真的是『活著』的感覺嗎？」

「還是『逐漸死去』的感覺？」

「意義不明，生死不明。」

「在籠子裡懇求爸爸殺掉我，和爸爸對話那時候的我，至少是誠實的。」

「這就是真正的我。這就是真實的我。」

「這就是對你上過半年的課，委託你跑腿的家住副教授真實樣貌。」

「真實樣貌不存在。我只是幻影。」

033

「你應該看過我家了，那個家家酒遊戲你就不要在意……我即使這麼要求也沒用吧。」

「不過，我說到這裡，你應該早就猜到了吧？那是在重現我出生的經歷。」
「不用擔心。」
「我並不是真的把『那個』當成自己的女兒，更沒有當成人類。」
「你肯定覺得詭異恐怖又不舒服，但那姑且也是摸索之後的成果。」
「應該說摸索之後的失敗……」
「因為雖說基於申請書的內容無法避免，但我還是必須假扮成已婚，所以我租了適合小家庭的公寓，試著模擬日本普通家庭的樣貌。」
「我自認成功了……但是結果不甚理想。成功模擬的只有我的過去。」
「家家酒遊戲玩得不太好。」
「我爸媽可以說遠比我玩得好。我別說二十年，甚至撐不到三年。」
「明明是想要好好疼愛而製作的『女兒』，經過短短兩年卻完全不愛了。」
「不覺得可愛了。」
「在人偶尺寸逐漸不再是嬰兒大小的過程中……我變得無法好好守護這段『成長』。只能感慨心想『以前明明很可愛』。」
「我爸媽才是正確的嗎？」
「孩子不成長比較可愛嗎？」
「還有……阿良良木同學，你連隔壁房間都仔細看過了嗎？發現和我『分居中』

的『丈夫』了嗎？」

「不可以看漏喔。接下來的時代，不能只把交付的事情做好，必須做得比交付的事情更多。」

「我承認那當然也是我的作品。包括殺人現場的重現。雖然布置得不像女兒房間那麼用心，不過就我來說，我自己也沒接受那種成果。」

「因為我不只無法愛『女兒』，更無法愛『丈夫』……是沒錯啦，畢竟我差點被爸爸殺掉，爸爸之所以被媽媽殺掉，正常來想也是我害的。該怎麼說，我對『父親』這種生物……有那個東西。」

「就是那個啦，那個。該怎麼說？就是創傷。PTSD。心理創傷。」

「但是以我的狀況，不只是心理，我的身體也受到創傷。」

「由此看來，我的所作所為與其說是家家酒遊戲或是現場的重現，更像是沙遊療法？」

「但我覺得早知道就不這麼做了。害我變得不喜歡回家。」

「就算這麼說，我派你前去我家，並不是要你幫忙清理那個破碎的家庭。」

「老師派學生打掃自己家，在法規層面不太妙吧？」

「我不是那個意思，是希望你幫忙報警，希望你成為目擊者。換言之，那是證據。」

「是只有真凶知道的情報。」

「而且再加上這封信，就是充足的證據吧……抱歉在一開始說得那麼壞心眼。雖然說得那麼挑釁，但其實我不認為你無法解讀這封信。」

「畢竟現在有好用的手機應用程式。」

「我只是想爭取時間。想說等到我成功逃到安全的場所之後，再由你公開這封信。」

「並不是因為虐待女兒的行徑被發現而逃走，也不是因為虐待手工人偶的行徑被發現而逃走。沒有這種戲劇化的情節，」

「說來丟臉，從偽裝結婚……更正，從捏造結婚開始的一連串資歷詐騙，終於快要穿幫了。我按照自己的生活習慣，一如往常進行檢視自己的例行公事，發現無法彌補的瑕疵。畢竟法律與管理系統都會逐漸改變。」

「修法讓外籍員工可以永久居留，真的是非常令人感激的事，不過就我來看是慢了好幾十年……受到這個影響，我的罪過反而被揭發出來。」

「還是別抱怨吧，因為這是好事。」

「我自認巧妙鑽法律漏洞至今，不過壞事果然還是不能做。穿幫的話會被逮捕。所以我逃走了。」

「我說這種話很像是搞笑，所以基於這層意義也感到抗拒，但是我再也不想被關進牢籠了。」

「我也不想被強制遣返回到出生地，回到媽媽至今依然躲藏的故鄉，更重要的是我不想回到從前的我。」

「我不想放棄我養育至今，名為『家住羽衣』的這個人格……但我肯定在養育過程的某處走錯路了吧。」

「對於像是自己孩子的這個姓名，我已經有感情了。」

「所以是龍生龍，鳳生鳳。」

「江山易改，本性難移。」

「如同媽媽犯罪逃亡，我也逃亡了。阿良良木同學，希望你將這封信交給警察，說明我家的狀況。」

「剛才說過會在最後回答，不過阿良良木同學已經猜到了吧？我委託你跑這一趟的理由。」

「你是曲直瀨大學學生之中首屈一指的虐待兒童專家，這真的是我聽老倉同學說的，卻不是我做決定的關鍵。」

「因為你是縣警首屈一指的人權派警官——阿良良木夫妻的兒子。我想你一定會抗拒這種說法，但是你要為你偉大的父母感到驕傲。」

「雖然老倉同學沒明說，不過她當年也是基於這個原因和你有所交集吧？想透過你跳過繁雜的程序，直接向警方高層提出訴求。」

「我也想學她這麼做。」

「所以使用這個方法。」

「我沒有直接自首的膽量，所以想請擁有最強管道的你協助。希望你協助我這個騙子成為老實人。」

「一次就好，我想成為深信並貫徹真實的人——除此之外，我也想避免自己犯的罪曝光而損壞瑞士的形象。想表明這並不是國際問題，是家庭問題。」

「我是罪犯，卻不是壞人。」

「只是很可憐罷了。」

「雖然說了這麼久，不過像是布偶填充棉花的糾結情感發洩給你之後，我內心舒坦多了。早知道從一開始就該這麼做。」

「之後交給你了。」

「我要逃到沒人搆得到的地方——因為我是羽衣。雖然我自己不是仙女，但我肯定連天空都能飛上去。因為我像是布一樣薄。」

「啊啊，感覺像是要升天了。」

034

「像是要升天了——因為我畫蛇添足這麼做結，才會被你發現我躲在這裡？那我也太冒失，太可憐了。」

相隔約一週再度見到的家住副教授，非常倦怠地這麼說。

我回答「不」搖了搖頭。

「老實說，我還沒好好看完那封信。」

「要好好看完喔。那是失蹤者留下的信吧？就算這麼說，但我沒想到那麼快就被解讀完成。」

家住副教授沒說那封信是遺書。

「你用了手機應用程式嗎？」

「不……總之是差不多的方法。」

總之，我也沒說出來……家住副教授失蹤當天留在研究室的那封信，是我和同行的命日子一起發現的。

別說四國語言，那傢伙大概會說超過四十個國家的語言……居然有大學生會說拉丁語，我都感到意外。

即使是混雜瑞士德語、瑞士法語、瑞士義語、羅曼什語的編碼文章，對她來說也只像是頭腦體操……總之，那傢伙也忙於社團活動之類的事，所以自認多少會花點時間的樣子，即使如此也比我硬著頭皮挑戰快得多吧。

譯文有點隨便，這一點敬請見諒……

「沒想過我會把妳留下的信直接交給警察，或者是交給大學嗎？」

「以你的個性不會這麼做，這種事只要看你小考的結果就知道喔。阿良良木同學，即使是完全無從下手的題目，你也姑且會寫下答案吧？你不喜歡任憑答案欄空白就交卷。即使要依賴朋友或應用程式，我也不認為你還沒掌握到寫給你的信件內容之前，就會把信件轉手給別人。」

「……居然可以從考試進行這種側寫，妳是很優秀的老師吧？」

「不過我是冒牌老師。回答我的問題吧？既然沒看信，那麼阿良良木同學，你為什麼知道這裡？為什麼知道我失蹤之後的下落？」

是安裝眼珠的小熊人偶為我帶路的……這我還是不能說，還是不該說。相對的，我改為這麼說。

「家住副教授，妳是不是習慣把不要的東西扔到樓頂？」

「咦？」

家住副教授愣了一下。不過實際上，這裡是大學校舍的樓頂。

輕快行走的斧乃木使魔，我還以為會筆直撞上校舍，沒想到它就這麼開始爬牆……空手攀爬。剛開始我痛心以為創造主沒賦予足夠的智慧讓它繞過障礙物，但我立刻就理解了。

智慧不足的反而是我。我才是最令人痛心的傢伙。

我應該更早察覺到，家住副教授的研究室就在小熊攀爬的這棟校舍，而且這間研究室也和公寓的333號室一樣位於頂樓。

忽然消失的大學老師。

研究室也人去樓空，沒人目擊她走出校舍，看起來也沒回家，車子也扔著沒開走。不過，理所當然般禁止進入的校舍樓頂，應該還沒有任何人找過吧？

與其說是盲點，不如說是首先認定「不可能」而排除的場所……「其實窩在自家公寓」的這個假設還比較可能是真的。至少自家的生活環境完善，也可以用網購之類的方式取得生活必需品。校舍樓頂別說電，連水都沒有。

維生要素是零。不適合當成躲藏或逃亡的場所。

但如果沒要生活，沒要生存，那就另當別論。

如果只是想逃走，只是想逃離這個世界……

樓頂反而是最佳選擇吧？

「以為我會跳樓自殺？我是想升天，不是墜地。」

說出這種話的家住副教授消瘦又憔悴。大概是連站都站不穩，我跑到她身旁的時候，她是靠在圍欄旁邊，直到我搭話都連看都不看我一眼。

老實說，我甚至以為沒能趕上，她已經就地成為木乃伊……但是她還活著。

雖然朦朧卻還有意識。

「我擅長不吃不喝。甚至是我唯一的專長。」

聽她背部貼著圍欄這麼說，就覺得防墜圍欄看起來也像是牢籠的一部分……她依然被囚禁在父母設置的籠子裡嗎？

不過看她這個樣子，確實不用擔心會跳樓自殺……在校舍下方待命的斧乃木大概沒有出場的機會。

順帶一提，因應可能有東西墜落，斧乃木從安裝眼珠的小熊人偶回收眼珠了……這是因為如果沒取回立體視覺可能會接不到墜落物，但是不提這個，這也意味著小熊過於短暫的生命就此終結。

感覺連追悼都是一種傲慢，然而不只是引導我來到樓頂，在公寓樓頂發現小熊人偶的這件事，也是我現在位於這裡的直接原因，所以我難免對小熊的出身感到好奇。

剛才我裝傻說沒有好好看完，其實有好好看完……雖然信中某些部分有提到泰迪熊，卻沒特別說明這個鑰匙圈本身。

從剛才的反應來看，我甚至懷疑不是家住副教授扔掉的……不對，在這之前有更重要的事要做。

「那麼，總之要不要先喝水？雖然是氣泡水。」

「嗯？」

家住副教授定睛注視。

或許是察覺氣泡水來自她車子的後車箱，但她對此沒多說什麼。

「免了。在這麼飢餓的時候喝水，會引發再餵食症候群。」

她這麼回答。水肯定不會引發再餵食症候群，但是曾經幾乎只以水當成養分的過來人說這種話好沉重。不過，原來她現在是這種極限狀態嗎？

事實上，事發至今經過這麼多天了……記得人類不吃不喝頂多能撐三天？

而且現在是炎炎夏日。

我不敢說自己真的趕上了。

「不不不，你立了大功喔。太好了，你父母肯定會稱讚你。因為你活捉了重刑犯。」

「……今後的事情今後再想，要不要先離開這裡？畢竟很危險。」

「危險？為什麼？」

因為想向妳報復的毛毯可能會襲擊妳——我原本想這麼回答卻作罷。

既然像這樣在家住副教授還活著的時候找到她，我這趟絕對沒有白費，不過解讀那封信之後，會覺得這應該是我多慮了。

唯唯惠人偶肯定只是要逃走吧。和母親一樣想逃離母親。

對了，說到信……

「不好意思，只從信的內容來看，我不太懂一件事……拿水果刀刺殺唯唯惠人偶的人是家住副教授嗎？」

「咦……？你說刺殺？刺殺什麼？」

家住副教授再度愣住……看來不是對「唯唯惠人偶」這個詞沒反應，是真的聽不懂我在說什麼。

我原本想繼續詢問是誰刺殺爸爸人偶……但現在還是別問吧。

家住副教授在信裡坦承製作人偶的人是她，卻沒寫到刺殺人偶的是她。

樓頂的小熊人偶。襲擊我的衣服。

沒在自己車上安裝兒童座椅的原因，在於唯唯惠本身的存在就是假的，而且家住副教授造假的環境只限於自己家……即使重罪嫌犯進行赤裸裸的自白，卻依然留下許多謎團。

即使是信的內容，也不知道真實性有多少……我不認為家住副教授會欺騙得這麼徹底，卻有許多內容實在無法令人當真。

然而解謎不是我的工作。

我能做的就只是填滿答案欄，不留任何空白。

「我的敗筆在於向你求助嗎？」

我伸手攙扶連站都站不穩的家住副教授時，她幾乎像是自言自語這麼說。

嗯，說得真好。

信裡寫到不是拜託我幫忙清理，不過以結果來說，我非但沒有整理，還將家住副教授的住家與車子破壞到不能再破壞……如果預先從我親愛的兒時玩伴那裡打聽到更詳細的情報，明明就可以知道我是個完全不可靠的不肖子。

所以我由衷想同意這句話說得沒錯，卻忽然察覺完全不是這麼回事。

「不，一心尋死才是妳的敗筆。」

所以我這麼回答。

這是不太可能獲得學分，單純用來補償的解答。

035

接下來是後續，應該說是結尾。

在那之後，又經過大約一週的時間。

「所以呢？這次發生了什麼事？我夠格的話就說給我聽吧，阿良良木。」

「給我消失……呃，羽川？」

從直江津高中畢業之後出國進行流浪之旅的前同班同學羽川翼，如今坐在我的面前……咦？

負責收尾的原小姐呢？

「黑儀這週和宿舍的朋友一起去釧路旅行，所以容我這次斗膽代勞。」

「那傢伙跑去北海道？跑去還沒和我一起去過的北海道？和新朋友去？」

別做出這種會平白傷害男友的行為好嗎？

不，我想強烈建議那傢伙擴展人際關係……但是如果她吃了螃蟹回來就真的要鬧分手了。

「而且居然是羽川代勞……妳什麼時候回來的？可以待多久？」

「我是剛剛回來的。現在是暑假，想說約黑儀出去玩，可是被甩了。她叫我找你湊數。」

羽川說得好像原本沒要見我，我不禁受到打擊……不過算了。慣例的對話節奏失常，原本是我不樂見的結果，就算這麼說，可以和羽川說話，我當然不可能不高興。即使話題是關於虐待兒童的悲喜劇。

場所照例是大學校內的露天咖啡廳。是黑儀叫我過來的，所以我以為又是老樣子要問話而忠實趕來，但我的期待完全落空。

相隔好幾個月重逢的羽川翼是灰色的長直髮。雖然沒綁麻花辮，卻和初次見面那時候的長度相近……不過她沒留瀏海，所以感覺只是任憑頭髮留長。包括看起來結實的背包與帽子，看起來是登山回來的打扮，不知道她究竟是從哪個國家回來的。

小麥色的肌膚像是在海灘晒黑的，總之這種不協調的感覺，就是羽川現在的形象吧？

說到和初次見面那時候的相似度，從高三第二學期開始戴隱形眼鏡的她，再度改回戴普通眼鏡。這應該不是造型或設定上的改變，單純是在旅行的時候比較方便。

仔細想想，我這是第一次看見羽川翼的便服吧？她已經不是女高中生，所以當然看得見她穿便服……但我毫無心理準備，所以即使是登山服也令我慌張。

不知道該說是友情客串還是代替演出，不過如果只看這次的事件，羽川或許比黑儀更適合負責結尾。

我不會說是因為同樣有「羽」這個字。

不過畢竟是從這裡開始的。

「啊哈哈～～阿良良木，這就是你的疏失喔～～因為姓名有『羽』這個字的傢伙，大致上都不是什麼好東西。」

「是好東西！幾乎都是好人！不准因為妳的自虐就殃及姓名有『羽』這個字的全體國民！光是姓名有『羽』這個字，就肯定是富裕長壽又賢能的人！姓名鑑定都是一百分！」

「我才想問，阿良良木是打這種保守牌的作風嗎……而且我又沒提到經濟狀況與平均壽命。還說什麼一百分，姓名鑑定不是這樣打分數的喔。」

羽川傻眼般指摘。可惡，久違重逢卻被她點出我變圓融的事實。

姓名鑑定嗎……

「妳這傢伙真是無所不知呢。」

「我不是無所不知，只是剛好知道而已。然後抱歉，我們彼此都已經不是高中生了，可以不要再用『妳這傢伙』叫我了嗎？」

「牛頭不對馬嘴！」

懷念的對話套路感覺好像失敗了。哎，這種尷尬也是重逢的滋味吧。

「我不會說你變得圓融喔，反倒佩服你變得很優秀。沒想到你居然拯救了老師，我真想告訴保科老師。」

「哎，當時真的為那位班導添了不少麻煩……老師嗎……就當作我變得優秀吧，那麼妳……最近過得怎麼樣啊，羽川……小姐？」

「結巴也要有個限度吧？剛才是騙你的，直接叫我『羽川』就好。嗯，我終於把國境附近的地雷拆除工作告一段落了。」

配合一下話題的格局好嗎？

聽她這麼一說，她今天看起來像登山服的那身打扮或許是工作服，進一步來說或許是軍服……我這輩子註定看不到羽川的便服嗎？

我與斧乃木的那場大冒險，變得像是微不足道的小事了。

「救人沒有大小事的差別吧？又不是你的妹妹。」

「能聽妳這麼說，斧乃木也能瞑目了。」

「斧……斧乃木小妹死了嗎？」

「本來就是死的。總之，這件事晚點再說……我做事也得按照階段進行。」

「沒有吧？阿良良木這個人做事不分階段的。」

或許沒有吧。

這次也沒有。

「既然是告一階段，更正，告一段落，意思是還有地雷嗎？」

「不，拆除工作完全結束，不然我根本回不來。我說告一段落的意思，是我今後從債務解脫了。」

「債務？什麼債務？」

「畢業典禮前一天，我為了打倒小扇而去租借戰機欠下的債務。」

確實發生過這件事。

對喔，我擅自覺得那件事已經結束，不過羽川後來一直被欠債地獄所苦……這可不是春假地獄那種程度的騷動。

即使如此，該說了不起嗎？她以相當快的速度還清了。

這傢伙真厲害。

「所以，接下來是羽川翼的自由行動……我可以依照自己的意願拆除想拆的地雷。」

「…………」

她這話說得不錯，總覺得有點恐怖……我居然會擔心羽川的將來，這在我高中時代是無法想像的事。

「所以呢？」她切換話題。「阿良良木，這次發生了什麼事？我夠格的話就說給我聽吧。」

「天底下沒有比妳更夠格的聽眾喔。」

這個案件連媒體都已經報導了，對於這個無所不知的班長，事到如今我不認為還有什麼好補充的，但我決定按照時間順序簡略說明概要。

「……啊，妳現在已經不是班長了吧？」

「我現在依然是班長喔。國際地雷拆除班U－20的班長。」

「真是不得了的班長。我說妳應該會一輩子當班長的那段預言，居然以這種形式成真了。」

「不過，原來如此，嗯～～是這麼一回事啊。阿良良木，辛苦你了，我大致明白了。」

「這麼簡單就說妳大致明白了？我好幾次差點死掉的這個怪異事件，妳大致明白真相了？」

「你真的差點死掉嗎？」

「少說也有二十次。」

「不要在怪異奇譚灌水。因為會傳播出去。」

少說的話是一次——差點被自己衣服害得窒息而死的那一次。最多也只有兩次吧……加上被關在籠子裡的那一次。

不包含使用「例外較多之規則」飛行的那兩次。那算是我自己搞笑。

基於這層意義，我在今年夏天或許沒有經歷什麼大冒險……沒能和「地獄般的春假」或是「惡夢般的黃金週」並列成為「魔界般的暑假」。

是的。

到頭來，這才是現實。

「說真的，家住副教授求救的對象，如果是妳應該比較好。如果是妳，在一開始被叫去研究室的時間點，就不會誤以為是『換子』，並且打消那個人的自殺衝動吧？」

「嗯，嗯嗯。如果是現在的我，或許會就這麼讓她死喔。」

「…………」

「以前的我也救不了她吧。或許不會冒出拯救大人的想法……何況面對虐待孩子的大人時，我不認為自己能保持冷靜。你記得吧？我對養育我的父母做過什麼事。但我不記得了……所以阿良良木，你很了不起喔。」

就算聽她這麼說，我也不太覺得是在稱讚。

反倒覺得她在問我為何可以保持冷靜，不把我當成同路人。

「我頂多只會正經八百在第一時間報警，把事情弄得更複雜吧。所以依照老倉推薦選你協助的家住小姐沒錯。老倉也是這麼認為，才會向家住小姐提到你的事吧？」

「老倉對任何人都會說我的壞話喔。」

即使那傢伙說的話確實成為契機……和老倉那時候一樣，我實在不算是有幫到忙。

別說幫忙，甚至幫了倒忙。

我是這麼認為的。

「我反倒想問，阿良良木你現階段知道了多少？」

「我幾乎一無所知。和往常一樣，只覺得肯定有更好的方法而後悔。」

實際上，聽到三歲女兒受虐的時間點就報警，這種「以前羽川的做法」並不算差……至少家住副教授在這個飽食國度，不會落得營養失調而住進警察醫院。

在樓頂的時間點就已經意識朦朧的她，現在已經昏迷……依照醫生的見解，她不只是嚴重到失去意識，院方甚至不知道她為什麼還活著。

為什麼活在這個世間？

最不知道這個問題的就是她自己。

我拯救了她的性命，卻只是拯救了她的性命……沒拯救其他的任何東西。食衣住——沒能獲得這一切的她，今後將度過何種人生？想到這裡，我的心情就不是消沉那麼簡單。

「難怪忍這次完全不肯幫我。我的所作所為和那時候一模一樣。只要有人奄奄一息就會忍不住伸手。」

忍也有自己的主張吧……至少我說「完全」並不公平。雖然在停車場出事的那時候沒趕上，不過天黑之後是她的時間。關於333號室的修理與淨化，忍像是三頭六臂般大顯身手。

「家住小姐其實也一直在求救吧？只是面對孩子不敢這麼說罷了。」

「所謂的『傲嬌』嗎？明明老大不小了？我不是虐待兒童的專家，也不是怪異的專家，卻是傲嬌的專家喔。總之，只要可以暫時這麼想，我的心情就可以稍微舒坦了。」

實際上又如何呢？

我也曾經想尋死，而且當時是靠著羽川說的那句話活下來，正因如此我才感到苦惱。面對人生坎坷備受折磨的人，如果以「自殺是罪孽深重的行為」這種話規勸，該不會只是一種殘酷吧？

身心重創到最後，連想要尋死都會被責備。罪孽深重的是哪一邊？

我實在不認為這是在求助……那個人只是想一死了之。

「那麼，如果將留下來的謎團解開，你的心情也會稍微舒坦嗎？」

「當然會多少舒坦一點吧。」

「那麼，雖然這麼做踰越本分，不過我這個班長就來幫你吧。」

羽川笑著說。

妳就是為此而來嗎……光明正大來到非相關人員禁止進入的大學校區。說不定這是我那個正在釧路享樂的女友好心安排的。

就算這麼說，我也不會輕易原諒她……

「從簡單的部分開始處理吧，首先是樓頂的小熊人偶嗎？」

「這……這是簡單的部分嗎？」

「因為，那隻小熊是可以掛在鑰匙圈的大小吧？既然這樣，認定它原本和鑰匙串在一起並無不妥吧？」

「鑰匙……」

說到在這一連串事件登場的鑰匙……就是家住副教授的領域——333號室的鑰匙……是我那天在樓頂總算得以歸還的那把鑰匙嗎？

「Non Non。」

「Pa……Parisienne？」

「還有另一把吧？你說過裝在第二道門，只能從走廊開鎖的鑰匙。」

「啊啊……斧乃木小妹踢倒的那道門。」

對喔，我原本要修理那道門的鉸鏈，卻沒去找那道門的鑰匙在哪裡，後來進行（中途就結束的）搜索也沒找到。

「從泰迪熊這個選擇來看，和嬰兒房鑰匙串在一起的可能性比較高吧？而且……扔到樓頂的可能性也比較高。」

家住副教授與父母之間無法捨棄的回憶……當時我和斧乃木就像這樣盡情發揮

想像力，不過也可以猜測是家住副教授與唯唯惠人偶之間的回憶。

……即使後來扔到了樓頂。

不是朝地面，是朝天空亂丟。

「不再覺得可愛是嗎……這部分正如斧乃木小妹所說，感覺不是拋棄，而是無法完全割捨。從小熊的受損狀況來看，大約是一年前的事吧？」

「…………」

對「親生孩子」的情感，也套用在鑰匙圈……取下來的鑰匙，後來應該也和大門鑰匙一樣，就這麼沒掛鑰匙圈繼續使用吧。不然就無法開關門了。

以結果來說，她監禁唯唯惠人偶，第二道門就這麼一直鎖著，想到這裡就覺得鑰匙或許也已經扔到樓頂……或許可以在斧乃木破壞的瓦礫底下找到。

那隻殘破的小熊就某方面來說，和嬰兒房的內裝一樣是愛情的殘骸嗎？

「雖說是緊急狀況，但如果是將自己和父母的痛苦回憶化為怪異，我也會於心不忍，不過既然是家住副教授自己買的人偶……」

「如果是父母送的禮物，我覺得不只是心情上的問題，而是真的很危險喔。親手製作也是不妙的要素吧。不過斧乃木小妹是專家，這方面的拿捏應該不會失準。畢竟我也曾經創造出怪異啊。」

羽川真的像是記憶深刻般這麼說。

她說的是ＢＬＡＣＫ羽川嗎？

不對。應該是苛虎。

那是我不在時發生的事，所以不知道詳情……然而不提是好是壞，明明不是專家卻創造出怪異的羽川，真的是不得了的傢伙。

無止盡提升班長規格的她，還能像這樣和我同桌喝茶多久？

「說到斧乃木小妹，我覺得那孩子這次動不動就誤判……她本人表示『和阿良良木月火同居之後，我的冒失程度沒有極限』。」

「嗯，那麼接下來……」

「我可以問個問題嗎？雖然是瑣碎的小事……」

「是那個吧？說到瑣碎的問題，你想問當時襲擊你與斧乃木小妹的衣服或布料，弱點為什麼是水吧？」

羽川像是心領神會般說。

「不過，只要對照家住小姐的札記就一目了然吧？」

「唔，不……我想問的不是這個，不過算了。」

看來我和羽川對於「瑣碎小事」的定義完全不同……她說的這件事，我已經不在意了。但我只是猜測「怪異基本上怕水」草率做個總結而已……

「創造那些怪異的家住副教授，經歷以『水』為『主食』的成長階段，所以水才會成為弱點嗎？不過既然這樣，感覺潑水反倒能讓怪異更加活化……」

就像是乾貨泡發那樣？

不，在樓頂發現家住副教授時，她拒絕喝我提供的水……說什麼在不吃不喝的時候突然喝水會危害性命……可是既然這樣，到底要怎麼處理才正確？

「比起再餵食症候群，家住小姐抗拒的應該是被水填滿吧。」

「填滿？」

「當時你的滑雪帽與外套，應該不是因為溼透而癱軟不動，而是因為吃飽而睡著吧？就像是喝奶填飽肚子之後的小嬰兒。」

「…………」

不是弱點——是主食。

拒絕被填滿的這種心情，我可以理解嗎……如果是絕食抗議的吸血鬼迪斯托比亞・威爾圖奧佐・殊殺尊主，這時候或許會說出更深奧又發人省思的話。

「奶水嗎……也就是說我意外成為奶爸了。但我確實經常認為男性也要積極育兒才對。」

「你像這樣感慨說著奶水的話題，聽起來會有別的意思耶。」

「妳剛才問我『真的差點死掉嗎？』原來是這個意思？我的危機只像是被飢餓的嬰兒乞討食物，所以沒有生命危險……」

「不，我想這確實是攻擊，恐怕是自我防衛的那種……就算不是這樣，如果是我，絕對不會想穿上一度差點殺掉我的外套與滑雪帽……你到底多怕失溫症狀啊？一朝被蛇咬，十年怕草繩嗎？」

聽她這麼一說，我無法反駁。

可是，沒繫安全帶就跟著「例外較多之規則」移動，真的很恐怖……

「你的注意力集中在四分五裂的爸爸人偶時，趁機以你的衣物從背後交戰，我覺得這是出乎意料的系統性、組織性的襲擊方式。不然的話，專家斧乃木小妹不會陷入苦戰吧。與其說打開衣櫃的動作是發動條件，依照你的敘述，我也覺得只是趁著斧乃木小妹雙手沒空的時候襲擊。好啦，你剛才想問的是什麼問題？」

羽川主動將思考層級降低到我的程度……這段互動令我想起她教我功課的那個時候。

看來我是小寶寶的層級。呱呱。

「不要用無奈的語氣學小寶寶叫。這是哪門子的小寶寶？」

「與其說是我，不如說是小扇……是阿扇的疑問。唯唯惠人偶與爸爸人偶，在塑造與描繪上的差異……宛如氣球藝術的製作技術，以及『へのへのもへじ』的塗鴉不太平衡，所以阿扇猜測有兩個人參與布偶的製作，『分居中的丈夫』因而被列為這個事件的關係人。」

監禁唯唯惠人偶的是家住副教授，以水果刀刺殺人偶背部的是丈夫——這段推理就是以此做為根據……不對，是做為補足。

總之，不同於小扇的推理，阿扇的推理比較隨便，應該說傾向於要讓交談對象以及場面變得混亂，所以即使他的推理完全錯誤也不奇怪，不過這麼一來，塑造力與描繪力的差異就再度令我在意。

從那封信來看，唯唯惠人偶與爸爸人偶都是家住副教授一個人製作的……所以正常解釋為「家住副教授手很巧，卻沒有繪畫天分」就好嗎？

「什麼嘛，這問題也太簡……這確實耐人尋味耶。好，我們一起思考吧。」

「妳迎合我的功力變差了喔。想起當年逐步指導我的家教時代吧。」

「小扇……不對，應該說阿扇？他在那個時間點不知道爸爸人偶的存在吧？那他這麼想也在所難免，不過如果他先看到隔壁房間床上的模樣，他肯定會覺得『這個女兒和父親長得一模一樣』。」

「……啊～～」

別想成「作者是同一人」……而是想成「因為是父女所以很像」，這麼一來「へのへのもへじ」這個共通點反而很自然……即使「女兒像爸爸」這種說法只是民間的迷信。

塑造成自己孩子的布偶臉部卻是「へのへのもへじ」，我原本以為不是缺乏畫技就是缺乏愛情，但如果是模仿那具代替爸爸的人偶就可以理解。不過這麼一來，就必須確認爸爸人偶臉部畫成「へのへのもへじ」的原因。

畫技？還是愛情？

真正缺乏的是……

「以這種狀況來說，應該是愛情吧。」

為了獲得居留資格而捏造結婚。

不是為了錢或名聲而結婚，是為了國籍而僅止於書面的結婚。獨力完成這項計畫的家住副教授，大概連配偶長什麼樣子都不知道吧。

至少和這兩年來假裝要養育的唯唯惠人偶不同，爸爸人偶甚至沒有名字。

她想要的只有戶籍嗎？

「即使沒辦法畫得好，也可以畫得不好。這種說法終究只是沒有繪畫天分的人在找臺階下吧……難道不能畫一張理想男性的臉嗎？」

「她沒有這種理想吧？不想擁有。」

但是家住副教授在信裡寫到，這是她假裝自己有家庭的模擬場景……我以為當然有更深入的意義。比方說對於往事或是家鄉的情感，某種令她不得不這麼做的特殊理由。

不過，如果這真的是為了犯罪而做的事，那麼確實不需要理想。

可以說只會礙事。

但是她連這種模擬都失敗了……

「在變得不愛女兒之前，早就已經不愛丈夫了吧。如果要深入分析，她或許將父母當成負面教材……正因為她的父親與母親締結堅定的情誼，長年的監禁才得以成立。」

「為了疼愛唯唯惠人偶，所以和爸爸人偶是『家庭內分居』的狀態？對方畢竟是人偶，所以用不著真的分居……」

而且和小熊人偶不同，不是能夠扔到樓頂的尺寸……一直在籠子裡長大，對於「自家外面」一無所知的家住副教授，必然會把那間333號室當成她唯一的領域吧。

不輸昔日的北白蛇神社，化為髒東西聚集地的自家。情感奔騰的三房兩廳。

「家庭內分居」絕對不是推理形式的敘述詭計，對於只知道父母情誼的她來說，如果這是她想像得到最大程度的分居，也只能說是無計可施，走投無路。

「雖說當時只能這麼做，不過家住副教授從籠子裡毀掉父母的情誼之後，奠定了她今後的人生。她從瑞士逃到國外，與其說是為了逃離母親，說不定是為了逃離罪惡感。」

即使讓父親刺殺她的背，真的是耗時五年實現的最大心願……但是後來母親殺害父親成為逃犯，並不是她的期望。

「……啊啊，對喔，我應該先問這個問題。這是我在樓頂問過家住副教授，卻沒得到明確答案的謎團。」

別說二十年，甚至撐不到兩年的模擬生活——難以繼續疼愛唯唯惠人偶，演變成家庭內分居，進而演變成棄養，這部分就當成和現實不同形式的壞結局吧。不過「重現現場」與現實的差異在於……

「刺殺爸爸人偶臉部的是誰？刺殺唯唯惠人偶的……是家住副教授嗎？」

如果人偶不是合力製作，是她獨力製作完成的，那麼關於虐待與刺殺，阿扇的推理完全錯誤，應該判斷是同一人的犯行嗎？

和那個學弟的對話，是我採取後續行動的契機，所以真要說的話，如今這個推理的真假或對錯都已經不重要了……

「這部分正常思考就可以吧？如同你一開始思考的那樣。」

羽川說。

「換言之，爸爸人偶刺殺唯唯惠人偶的背部，唯唯惠人偶回刺爸爸人偶的臉部。」

「……一點都不正常吧？」

別說如同我思考的那樣，這完全和我的想法相左……不過既然這樣，這也不算是重現瑞士的往事吧？

我認為刺殺唯唯惠人偶的人不是家住准教授，始終是以為「分居中的丈夫」真實存在時的想法，雖然我確實想過可能是動起來的唯唯惠人偶刺殺爸爸人偶，不過看過那封信，將３３３號室解釋成是重現昔日事件現場之後，就應該推測刺殺爸爸人偶臉部的是家住副教授。

動起來的爸爸人偶刺殺唯唯惠人偶，這種解釋不算是牽強附會……斧乃木將爸爸人偶連同床鋪破壞，是提防那具人偶可能會動起來的「以防萬一」。

說不定在那個時候，爸爸人偶早就已經「動過了」……反倒可以猜測那具人偶是因為水果刀插在臉部才「變得不能動」……

不過要是進一步思考，假設家住副教授是為了重現（？）而刺殺爸爸人偶的臉部，那麼在那個時間點，唯唯惠人偶的背部肯定已經插著一把刀。

時間軸錯亂了。

被當成氣球藝術般扭曲。

我曾經看見背部中刀的唯唯惠人偶，也就是看過水果刀。在那個時間點，水果刀在嬰兒房裡。

既然家住副教授一直在大學校舍樓頂，像是被關在籠子般動彈不得，試著以這種迂迴的方式自殺，那她肯定無法拔出那把水果刀去隔壁房間刺殺爸爸人偶。

是遙控詭計嗎？

只要利用布的怪異，並不是做不到……但是我的外套與滑雪帽不在話下，掛在衣櫃的自己衣物或地毯當然不用說，即使是唯唯惠人偶，我也不認為在家住副教授的控制之下。

攻擊方式也極度原始。

確實如羽川所說，唯一展現高度學習能力的唯唯惠人偶，要說奇怪確實很奇怪……不過這麼一來就無法正確重現。

如果有人主張不需要正確重現，我也沒什麼好說的……何況在國家不同的時間點就不可能完整重現……

「不必想得這麼複雜喔。先假設重現的部分始終是對的，這麼一來，有什麼東西是錯的？」

「就是……」

在這種狀況討論對錯就是一種錯誤，要是這麼說終究太鑽牛角尖了嗎？

「妳的意思是說，信件內容才是錯的嗎？但她是以敘事形式來寫耶？」

「別說得好像你飽讀推理小說。順帶一提，也別說得好像被害者的意見都可以信任。」

這我撕破嘴也不敢說。

不管是敘事還是何種形式，那封信的內容原本就非常可疑。因為即使不是無憑無據，那也是她用來升天的文章。

天地從一開始就顛倒了。

家住准教授在信中寫到，她並不是真的把虐待的唯唯惠人偶當成自己孩子，但她實際上是否真的沒這麼想就很可疑了。

應該不是有著否認的壞毛病吧。

進一步來說，應該會有知道的日子與不知道的日子吧……這是當然的，像我這種傢伙也會有狀況好的日子與狀況差的日了。

即使寫信的那一天湊巧是一年一度狀況極佳的日子，也無法保證將布偶關進籠子棄置的三天前是處於相同的狀況。

「而且解讀四國語言的時候，文意也可能出差錯吧。」

「這不可能。命日子絕對不會翻錯。」

「喔喔，你這麼信賴啊。介紹那位命日子小姐給我認識吧。」

「咦？啊啊，嗯，總之，總有一天，等到有機會吧。」

「不只是在黑儀面前，在我面前也這麼保護命日子小姐啊……你也太保護自己在大學認識的新朋友了吧？這是過度保護喔。」

不過，如果重現的事件現場是對的，那麼信的內容要怎麼修正？

如果看起來只像是唯唯惠人偶走出籠子殺害爸爸人偶的那間３３３號室才是對

的……

「殺害小兒科醫生父親的人，是因為背部中刀而離開籠子的家住副教授本人嗎？基於正當防衛……」

不對。

正確來說……是復仇嗎？

「可……可是，如果是布偶殺布偶就算了，沒有責任能力的三歲兒童，不可能殺得了成年的大人吧？」

「布偶殺布偶也不可能吧？而且她也不是責任能力的三歲兒童吧？是『二十歲的大人』喔。」

羽川這麼斷言。說得也是。

信裡寫得像是她二十年來一直是個嬰兒，然而並非如此……即使像是裹小腳般養在狹小的籠子，也沒有完全停止成長。

只要活著就會成長。

就像我這樣。

「可是……羽川……只有這件事我一定要說……」

我一邊說一邊思考如何反駁，卻無論如何都不得不信服。

以父親教的語言籠絡父親，長達五年懇求「殺了我吧」的獨生女……如果背部中刀並不是她的最終目的呢？

背部中刀只是「過程」。

如果藉此取得利刃才是她真正的目的……沒有比這更合理的解釋。

若要舉出其他更合理的假設，那麼母親之所以逃亡……並非因為她是殺害父親的凶手，而是為了逃離女兒的報復。

看到父親被女兒殺害而逃走……終於放棄二十年來百般監視的養女兒計畫。

「關於母親的動向也有另一種解釋。之所以一直逃亡，是為了包庇女兒犯下的罪……因為只要自己以殺人凶手身分繼續逃亡，就不會有人懷疑女兒。」

「……意思是她還有愛？」

「沒愛也能養育孩子喔。就像我一樣。」

羽川像是完全看開般這麼說。

「不過無論是三歲還是二十歲，當時的家住小姐並沒有責任能力。」

接著她這麼補充。

是沒錯啦，即使不是正當防衛，瑞士的法律與日本的法律在這個事件上都無從制裁。

就算她是非法潛入國立大學的冒牌老師，是應該不予緩刑直接送進監獄的重刑犯，在這個事件也是無罪。被監禁二十年，不可能有人能保持正常。像我只要半小時就會受不了。

何況家住副教授出生之後，從來沒有被賦予這種「正常」的感覺……只能不惜說謊也要獲得或習得。

我也好幾次嘗受過不再正常的失落感……但是從一開始就不正常，究竟是什麼樣的心境？

被監禁長達二十年……

「……所以，到頭來這是最大的謎團吧？」

「把最想問的問題留到最後，這是你從高中時代至今的習慣吧？」

「是啊，因為我膽小，害怕聽到答案。」

「應該是因為你在發問之前就知道答案吧？不過，請說吧。因為我最喜歡被阿良良木問問題了。」

「最喜歡阿良良木？聽妳這麼說就沒辦法了，我只好提出最後一個問題。」

「我覺得這個玩笑跨越現在的距離感了。我要把這段話傳給黑儀。」

唔～～距離感好難拿捏。

不知道羽川是以什麼感覺和黑儀對話。

那麼，既然已經以輕快的對話暖場……

「基本上，將人類從嬰兒時期不吃不喝監禁長達二十年……有可能嗎？」

對於虐待兒童完全不熟的我，當然也對於育兒完全不熟……之前自稱奶爸真的很厚臉皮。不過再怎麼無知，我好歹也知道嬰兒是只要稍微疏忽……即使沒有疏忽也很容易死掉的弱小生物。

維持這種狀態長達二十年？

終究無法只以「父親是小兒科醫生」來說明……應該說，我從那封信也感覺到家住副教授刻意寫出父親的職業，藉以蓋過這個疑點。

因為心臟瘦小，所以利器沒刺中重要血管的這段說明，總覺得也像是漫畫情節……如果身體狀況這麼差，反倒光是擦傷流血的程度就會沒命吧？

家住副教授究竟是多麼蓄意，多麼不經意去渲染那封信的內容，這一點無從確認……我甚至覺得她說「父親是小兒科醫生、母親是童裝設計師」也是謊言。就像是她說爺爺奶奶是氣球藝術家一樣過於理想化。

「一旦開始懷疑到這種程度，將會無法信任任何事情喔。不過我在這一點和你的想法相同。以斧乃木小妹的說法就是『第一次和你意見相同耶』。」

和斧乃木的狀況不同，說不定這真的是第一次……畢竟至今一直因為距離感失準導致意見分歧，我以為彼此在這裡的意見也會不同而緊張了一下。

「嗯，我認為家住小姐本人怪異化了。」

聽到羽川這麼說，我就放心了……不對，這句話本身實在無法讓人放心。

怪異化。

如同唯唯惠人偶也已經怪異化。

如同爸爸人偶、我的防寒裝備、家住副教授的衣物與地毯已經怪異化——如同我們在小熊人偶安裝眼珠使其怪異化。

如果家住副教授自己也因為父母而早就怪異化，就可以直到二十歲都維持嬰兒的樣貌。

做得到。

因為我認識六百歲的幼女。也認識二十一歲的少女，或是已經被使用一百年的女童。

所以即使世間有一個二十歲的嬰兒，我也不認為不合邏輯。

既然她自己就是怪異，那麼屬於她領域的333號室，沒有連續發生不可思議的怪異化事件才令人不可思議。如果不像是具備自我防衛本能的免疫細胞那樣襲擊兩名非法入侵者，反倒會覺得是怠忽職守吧。

這是理所當然的保護機制。

當時我即使慢吞吞，卻還是依然來得及搭救。換句話說，家住副教授即使在大學樓頂不吃不喝將近一週也沒死的原因，也可以用這個假設來解釋。

如果她現在是半個怪異，那她無法藉由這種方式升天。

怪異沒有天堂，也沒有地獄。

「一直被父母監禁，在籠子裡被當成換裝人偶，這已經過於充分滿足怪異化的要件。雖然不知道說謊到什麼程度，不過只有這部分，當事人肯定沒自覺吧。畢竟離開籠子之後，應該就沒機會使用能力……如果可以自由使用技能，肯定也不需要犯下重罪。感覺是因為罪行即將曝光，導致防衛本能在各處失控……」

不過……我與斧乃木屢次非法入侵是最好的例子，犯罪基本上都是為了跳過正當程序，藉由作弊輕鬆達成目的吧？為了獲得原本理所當然應該擁有，像是人權之類的東西，家住副教授嘔心瀝血的努力都用在犯罪，想到這裡就覺得情何以堪。

不只是父母。包括世間、法律、倫理觀或是規範，都不重視她這個人。

所以聯合起來虐待她。

以「大家都有錯」的方式分散責任，當然是看似連帶責任的逃避責任……應該還是有人站在她那邊提供助力吧。關於復健當然不用說，犯罪行為也要有人懇切關照才能成立。不過，像這樣娓娓道出同情話語的我，肯定也在某處虐待正在努力的某人。

毫無自覺地虐待。

如果參與的方式不同，如果參與的時間不同，如果對方不是長輩，如果剛好和朋友吵架心情不好，如果剛好肚子餓感到不耐煩，我應該會勸她即使沒有責任能力也要在道義上為自己傷害父母的行為贖罪，或是笑她基於這種奇怪的想法就逃到國外也太誇張了，或是建議她即使費時也應該以正當方式取得工作簽證。

毫無自覺這麼說。

「嗯，毫無自覺。不只是這一點……應該說她對這一切都毫無自覺。即使得知自己才是殺害父親的凶手，母親並非真正的殺人凶手，她應該也不會承認……就像是會為了維持自我而將自我放棄——丟棄到樓頂。因為她對自己說的謊言過於巧妙，完全受騙上當了。」

羽川說這種話的重量非比尋常。

羽川對羽衣說的這番話沉重如羽。

家住副教授可以說是因為怪異化才存活至今，不過將人類活生生怪異化的這份情感，居然是來自父母的愛情，這簡直沒救了。昔日差點害她死亡的原因卻讓她活了下來，甚至無法自殺。

說到這個，我在研究室首次和她交談的時候，她看起來是人格高尚，穩重可靠的大人，很難相信她在虐待自己的女兒，不過這是因為她對自己的立場感到愧疚，所以乾脆過度展現穩重可靠的模樣。各方面都是我討厭的「以不幸為動力」這種做法。

「布的怪異……大概是反木棉、白容裔或是肉襦袢之類的妖怪吧。操控布類製品的這種能力，或許是從服裝設計師母親那裡繼承的天分。在蘇格蘭會把格紋樣式視為家世的表徵吧？我也一樣，連做夢、做惡夢都想不到自己會成為障貓，不過當事人沒能認知到這一點，真的是一件麻煩事。」

「不是麻煩事喔，是唯一的救贖吧？」

家住副教授離開籠子時，大概心想終於可以成為正常人了，要是如今得知自己不是人類……到時候她真的會放棄活下去吧。

我沒自信阻止得了。

「繞了一大圈之後，正式輪到專家出馬了……如果是臥煙小姐，應該能以高明手法只封印她的能力吧。」

真是的，太棒了。

還以為已經順利和那位親切的大姊姊順利斷絕關係，欠她的人情卻有增無減……由於已經失去還她人情的機會，所以只有沉重的利息不斷累積。

這樣下去，我從大學畢業之後將面臨鉅額的債務。事到如今察覺被她陷害也為時已晚……不過她說會等我四年，果然是大人的作風。即使平常打扮成那樣。

人格高尚的大人嗎……

「說到專家，你這次從一開始就和斧乃木小妹一起處理這個事件，出乎意料是最佳組合，是一對好夥伴。『換子』或是『會動的人偶』確實不是斧乃木小妹的專長，但是不死怪異完全在她的好球帶正中央吧？」

這是新的著眼點。

把家住副教授形容為不死怪異，總覺得有點牽強，不過她長達二十年「沒成長」與「沒死」的實績，要說是不老不死也確實完全不為過。

這麼一來，更得在影縫小姐知道之前處理完畢。正義的暴力陰陽師是即使沒有殺父重罪也可能制裁家住副教授的唯一人物。

到底是經歷過什麼往事，才會厭惡不死怪異到這種程度……我總有一天會得知真相嗎？記得和製作斧乃木所受到的詛咒有關？

「話說回來，既然湊巧聊到斧乃木小妹的話題，差不多可以告訴我了吧？剛才被你隨口拖延到現在，不過斧乃木小妹發生了什麼事？」

說什麼湊巧聊到斧乃木的話題，明明只是羽川強行將輛車放在屍體人偶的軌道上……雖然高中時代發生過各種事，不過再怎麼說，羽川與斧乃木也明明沒有直接的交集才對。

居然擔心一個素昧平生的女童，這位班長簡直是完人。

相較之下，我真是不成材。

我剛才說要按照階段進行，實際上卻只是難以啟齒而拖到現在……因為關於她受到的處置，我身為委託人深感責任。

「安裝眼珠的人偶……擅自製作怪異的斧乃木小妹，被罵得比想像中還慘。我甚至真的以為面無表情的她會被罵到啜泣。該說超乎想像嗎，應該說我甚至無法想像，臥煙小姐真的是破口飆罵。」

「那……那位臥煙小姐氣成這樣？」

即使不認識斧乃木也和臥煙面識的羽川，像是大吃一驚般探出上半身。我終於成功讓羽川嚇一跳了。

讓她受驚。

可以的話，我希望她是被我的成長嚇到，不過我能理解她的心情。

我也曾經惹那位大姊姊生氣責備，卻不曾被她飆罵。

「內頁熟女酷似臥煙小姐的參考書被她發現時，她明明也沒大聲罵我……」

「得知這個事實的我差點就對你飆罵了，不過現在的我沒這種權限，所以我就坐著繼續聽吧。斧乃木小妹後來怎麼了？該不會……被處理掉了？」

羽川要笑不笑，半開玩笑這麼問我，不過老實說，即使是這個結果也不奇怪吧……應該說，臥煙小姐反常火冒三丈的原因，可以解釋成是為了避免進行這種「處理」。

如果影縫先掌握這個事實，身為「擁有者」的她，或許一定得將自己的式神處理掉……正巧如斧乃木自己所說，影縫背負著包括生殺大權的責任。

如果破口飆罵是臥煙刻意誇張的表現，那也可以說這是她「特有」的溫柔做法……那個人將溫柔與憤怒都當成溝通工具的這種手法果然和我不合。

雖然這麼說，但臥煙將斧乃木連同我一起納入保護，所以我這次不得不贊同她的做法……不只如此，還得拜託她讓家住副教授變成無害的怪異。

大概一百億圓吧？

我欠臥煙的債務總額。

就像是從還清債務的羽川手中接過欠債王的棒子……這是一場無計可施的接力賽。

「……那麼，斧乃木小妹被狠狠說教之後，就無罪釋放既往不咎？」

「怎麼可能。當然需要進行看得見的處罰，所以造成問題的那顆眼睛暫時被沒收了。」

沒想到她真的成為眼罩角色……臥煙也看得太透徹了。

而且，不只如此。

比起風波大致平息之後遲早可以領回的那顆眼睛，就我來說，這才是更嚴重的「處分」。

「她接到撤出阿良良木家的命令。」

「嗯，嗯嗯。嗯嗯嗯？」

「命令她禁止接近我與忍……即刻解除現在身負的任務，就是這樣的處分。換句話說，屍體人偶長期以來的借住生活就此結束。」

說我捨不得是騙人的。

不過，原本就是超出預定的長期滯留……記得是從今年二月開始的，所以大約半年？

這應該也是臥煙的巧妙手法吧，藉由處罰讓斧乃木擺脫現在的任務……她肯定不會被送進懲罰房，而是前去進行下一個工作。那麼能幹的式神可不能總是派遣到我這裡。

我這裡沒有任何問題。

「這樣啊……並不是被處理掉，我就放心了，不過既然命令禁止接近，難道是臥煙小姐經過這次的事件得知，因為斧乃木是容易受到周圍影響的怪異，所以一直派駐在阿良良木家會很危險嗎？」

「這種事她從一開始就知道了，因為她是無所不知的大姊姊……用不著把我家說得像是危險地帶吧？」

「你家是危險地帶沒錯吧？到處都是地雷。身為地雷班長的我，原本不應該置之不理的。」

妳被稱為「地雷班長」？

我個人是朝正面方向解釋，覺得我與忍的緩刑期間終於結束……但是司令塔的智謀策略不得而知。

真正的用意肯定有三到四種……甚至一百或兩百種吧。

「因為這樣，所以我和斧乃木小妹相擁道別了。」

「沒有相擁吧？」

「沒有。」

而且也沒道別……雖然應該不是繼承了忍野咩咩不擅長說再見的個性，不過那具屍體人偶像剛才那樣說明原委之後，以一副像是聊太久休息片刻去附近買冰淇淋的調調離開了。雖然不是希望她以「例外較多之規則」高調離別……不對，不管是高調還低調，到頭來我並不希望斧乃木離開。

所以就這樣吧。

又不是今生的永別。

反正對我的監視不可能完全解除，而且我和斧乃木彼此都算是不死之身。

一百年後，可能會在某處巧遇吧。

「雖然這麼說，不過解除任務的斧乃木小妹，今後不只失去一隻眼睛，還會接下比阿良良木家更艱困的任務吧……真是的，任何人都沒能幸福的這種結尾也太罕見了。」

「真可惜，看來解謎沒能讓你的心情舒坦多少。但我可不是為了看你消沉的樣子而回國喔。所以我來讓你幸福吧？」

羽川說完露出惡作劇的微笑。

像是一隻貓。

「……這是惡質的玩笑喔。妳拿捏距離感也會失準嗎？即使單眼被沒收的斧乃木已經將我感化，但是剛才聽到妳那麼說，如果我是地雷早就爆炸了。不然我傳簡訊給黑儀吧？」

「居然說我在開玩笑，我好受傷。沒什麼好隱瞞的，我可是拯救阿良良木的專家耶？」

「拯救我的專家……這是哪門子的專業工作？妳是我的保姆嗎？既然說到這種程度，好，我就恭敬不如從命，讓妳拯救我一次吧。」

「試想一下吧？將你關在籠子裡之後飛走的飛天毛毯，後來去了哪裡？」

「天曉得……化為怪異的是家住副教授，布偶始終是眷屬，那麼遲早會超過時限回復為普通的毛毯才對。如果是要重現現實，毛毯現在反而在瑞士吧？和逃離母親來到日本的母親一樣，逃離自己的母親。」

「或許是前往入住警察醫院的家住小姐那裡，朝著睡得不省人事的她……」

「勒住她的脖子？」

「……蓋在她的身上吧。如同嬰兒依偎在母親懷裡。」

「羽川，這是……」

是在今天的討論之中，我最無法同意的一個假設。別說是稱為假設，連要稱為突發的猜想都無法同意。

甚至感到厭惡。

像是強行塑造出來，這種假惺惺的「可喜可賀的結局」，到底能讓誰產生共鳴？如果「天底下沒有不愛孩子的父母」是沒有愛的話語，那麼「父母是孩子的一切」也是沒有愛的話語。即使追隨母親是嬰兒的本能……毛毯逐漸折磨勒死家住副教授的結局反倒是健全得多，甚至讓我想要寫進課本。

「不可能。和床邊故事相差甚遠的我們，至今有哪一次目睹這種充滿意義的快樂結局嗎？」

「正因如此，所以差不多可以目睹這種結果一次了吧？如果不以模擬的方式追尋理想，現實只會單方面變得殘酷吧？」

這倒是。

徹底模擬出自己所知現實的家住副教授，就是因此導致夫妻生活與育兒都以失敗收場。既然是從現實學習，就只能在現實中產生……無止盡反覆重現。

即使沒有，即使不想擁有，也還是必須擁有。這就是理想。

即使立志做出最好的結果，也只會做成最差的結果，這是世間常理。即使如此，若是沒有立志做出最好的結果，那就連第二好的結果都做不出來。

「不過，就算這麼說，這也太……」

「不不不，我是認真這麼說的喔。我想為這個世界做點貢獻。希望唯唯惠人偶可以終止『虐待產生虐待』這種惡性循環。希望它完成家住小姐的心願，斷然拒絕無法接受的現實。因為這是名為『翼』的我沒能做到的事情。」

羽川說到這裡，像是事到如今回想起高中時代擔任過我的家庭教師，重啟那時候的使命感。

「那麼，接下來是選擇題。你要選擇自己覺得正確的選項喔。」

她如此出題。

也可以說她現在像是放學後教室裡的正經班長。

「選項A：趁著黑儀不在，悄悄和我進行沒有後顧之憂的約會。選項B：現在一起去探視家住副教授，確認毛毯在不在。哪個選項是對的？」

「……還以為是什麼難題，這題的難度是C吧？」

得救了。

這種二選一，即使是我也不會答錯。

第五話 余接・陰影

SENGOKUNADEKO

001

我和斧乃木余接才剛開始來往不久，但還是已經大致認識她了。
外表是十二歲的女童。
真面目是百年屍體的付喪神。
面無表情語無情感，卻辯才無礙。
喜歡冰淇淋之類的冰品。
感覺應該也愛吃乾冰。
是不死的喪屍，不死怪異的專家。
個性陰晴不定，善於挖苦，愛擺架子。
必殺技是「例外較多之規則」。
以式神身分服侍的主人是陰陽師——影縫余弦。
或者是這位陰陽師的學姊——臥煙伊豆湖。
突然從窗戶非法入侵的時候，我當然嚇了一跳，不過戰戰兢兢接觸之後，發現她也不是世間所評判那麼難以理解的孩子，以上是我目前的感想。既然「難以理解」是她的立場，我不認為她會刻意改變，但如果她真的改了，那麼如同她對我這麼做，我也想成為她的理解者。我最近也冒出這種想法。

她要是聽我這麼說或許會態度驟變，叫我別自以為已經理解她，像是冰塊或是屍體那樣冷言冷語，然而這算不了什麼。蛇這種生物很執著的。

就像是詛咒。

她離開阿良良木家之後，待在我房間的時間必然變得更久，那麼接下來到底會上演何種劇情呢？敬請期待。

002

我猜世間已經進入名為暑假的期間，但是我原本就拒絕上學，長期過著家裡蹲的生活，所以這種和我毫無關係。說來囂張，到國中上學是什麼感覺，我已經完全忘記了。看來我今後沒辦法畫校園戀愛喜劇的漫畫吧。

傷腦筋傷腦筋。

不過這是假設我將來可以實現夢想成為漫畫家，是未來的展望，我現在傷腦筋的是為了抵達名為「低潮期」這個奢侈終點該進行何種道路工程。

嘿咻嘿咻。

簡單來說，我肯定會在（僅止於書面的）國中畢業的同時被趕出至今出生成長的自家，所以我現階段面對的「現實」是要找房子住。

不上高中的話，畢業之後就出去工作，至少自己賺錢養活自己。收到父母這份通牒的我，好不容易找到將來餬口的門路（《撫物語》），不過父母似乎察覺我已經擬定自己的賺錢計畫，所以提出我至今從沒聽過的新過關條件，說我畢業之後當然應該開始自己住。

附帶條件是我必須自己找到連帶保證人。不對，這已經不是可以開給十五歲女兒的條件了吧？

翻臉比翻書還快。

我確實是立志成為漫畫家的家裡蹲，算是米蟲，但我並不是超過四十歲還不去工作，在自家過著渾渾噩噩的每一天啊？

發動懲戒權的方式太奇怪了吧？

話說，如果是要求畢業之後工作就算了，要求十五歲的孩子「畢業之後離開家裡」，我覺得不只是在民法，在刑法也是違法的行為。

「所以說啊，我認為妳爸媽開出這種無理的難題是在等妳哭求喔，是在引頸期待妳這麼做喔。」

這是斧乃木的分析。

不知為何在最近成為長版連身裙眼罩角色的她這麼說，所以肯定沒錯。

「這麼一來，妳即使完成他們開出來的條件，感覺也只會繼續被刁難。他們應該是做好準備要等妳叫苦投降，垂頭喪氣乖乖去上國中，然後決定升學念高中吧？」

「好嚴格……溺愛的反作用力真是驚人。」

先不提合不合法，不過身為獨生女的我，必須承認父母正在努力補救至今寵壞我所造成的弊害……假設我是母親，如果自己孩子宣稱要拋棄學業邁向繪畫之路，我不敢說自己不會用盡手段阻止這個夢想。

「但我覺得即使這樣似懂非懂表達理解之意，只會讓撫公的父母得意忘形。修理他們吧。」

「這是家暴！而且是末期！」

「基於這層意義，妳應該向阿良良木月火的那份任性看齊。」

嘴裡這麼說的斧乃木，不久之前好像也因為某些原因被趕出阿良良木家，就這麼直接來我家。

我很開心，但她也太黏我了吧？

「月火是例外喔。她念小學的時候，老師提出『好，兩人一組吧』這個恐怖條件的時候，她曾經反駁說『我一個人做得比較好』。」

「那隻不死鳥真是不缺黑歷史耶。」

順帶一提，斧乃木（目前的）名義上是來我家當素描模特兒，所以現在也正在努力擺姿勢……現在是名畫系列，所以她擺出油畫《大宮女》的姿勢。」

從後背鏤空連身裙露出的脊椎線條，和油畫一模一樣！

「所以，要怎麼做？舉白旗投降嗎？我可以幫妳仲介『工作』，不過某些問題確實沒辦法只以錢來解決吧？」

「怎麼可能。我不會放棄的。聽說也有合租公寓提供給想當漫畫家的人。」

「怕生的家裡蹲要怎麼住進合租公寓？」

「也可以輪流去不同的漫畫咖啡廳過夜。」

「如果僅止於被警察保護管束還算好。別忘了，妳的可愛會誘發犯罪。」

被說可愛是以前的事……雖然現在也不喜歡，不過說來神奇，我不會抗拒被斧乃木這麼說……大概因為她面無表情語無情感吧。

而且也是因為她即使這麼說，我依然感受到她是真的在擔心……檢討被害者是犯罪原因的這種說法基本上沒有同情心，但是如果明知山有虎，確實不必刻意向虎山行。

會變成誘餌搜查。

「我也想過怎麼因應最糟的狀況喔……如果到了畢業還是走投無路，到時候就……」

「到時候就……？」

「就去哭著求月火讓我借住阿良良木家。聽說育姊姊以前就是這麼做。」

「這也太糟了。拿阿良良木家當成避難所，這不只是虎山，而是鬼山了。」

斧乃木站了起來。停止擺姿勢，充滿氣勢站在桌子上……身穿長版連身裙站得這麼挺，好帥氣。

這我也想畫下來保存。

「居然要欠阿良良木月火人情，我只覺得這是自殺願望。何況撫公，妳肯定再也不想見到鬼哥哥了吧？」

她比爸媽還要擔心我。

真是個好孩子。

雖然個性挺扭曲的。

「啊～～嗯。不過，該說事情已經過去了嗎？我覺得別這麼堅持也無妨了。走一步算一步吧？見到就見到，到時候適度帶過就好。」

「看得真淡。果然是女生。這種明顯打腫臉充胖子的做法討人喜歡。」

斧乃木說。

「不過，雖說已經離開阿良良木家，我姑且依然和鬼哥哥是朋友。要是妳取代我住進那個家，害那個虐待兒童的專家留下坐立不安的回憶，我內心會很痛快……更正，內心會很痛。」

「虐待兒童的專家？」

那個人最近被這麼形容啊。

看來一如往常相當活躍。

「ＯＫ。妳父母的麻煩想法暫且放到一旁，關於住的問題，我來想辦法吧。趁著滿足條件爭取到時間的時候，妳也要想辦法處理親子對決的問題。」

「斧乃木小妹，妳真的不遺餘力在幫我耶……」

不遺餘力。不知為何。

「別誤會。並不是為了妳。只是因為妳真的搬進阿良良木家的話，我就再也不能和妳玩了，所以我才會不遺餘力。」

「妳連傲嬌的傲都在嬌了。」

成為單純的嬌嬌妹。

「我當然不會讓妳樂得輕鬆。我不會犯下和妳父母相同的錯誤。撫公就為我做一份工作吧。有錢賺又有家住，簡直是一石二鳥。」

「也可以當成漫畫的取材嗎？」

「這就看妳自己了。準備出門吧，家裡蹲。」

003

「嗨，初次見面，千石撫子小妹。我是臥煙伊豆湖。專家的總管，無所不知的大姊姊。我可以叫妳『小千』嗎？」

雖說要我準備出門，但我開始家裡蹲之後，幾乎總是穿著運動服生活，所以不必特別整理服裝儀容就可以直接出門。

沒有衣著規範束縛著我。

不只如此，我不是害怕外出的那種家裡蹲，不會特別抗拒出門……所以我有點期待斧乃木要帶我去哪裡，卻就這麼毫無心理準備見到臥煙小姐。

見到那位臥煙小姐喔。

上次我想說終於要見面而做好萬全的準備卻撲了個空，想說應該暫時沒機會見面而掉以輕心，事情卻急轉直下。

斧乃木總是一心想嚇我……補充一下，她帶我來到的地方是首都。

雖說是首都，卻不是東京。只不過是我以「首都」稱呼縣政府所在地。小學時代，我看電視新聞與報紙，誤以為大城市都叫做「首都」，這個習慣就這麼留到現在。如同我曾經以為有一個國家叫做「外國」。

移動手段是「例外較多之規則」。

抱著斧乃木的腰在高空高速移動。

「和鬼哥哥不一樣，妳這傢伙耐力真好。那個戀童癖，移動完就全身癱軟派不上用場了。」

對我很好，相對來說對他就好嚴厲。

我姑且有段時間是神明，加上最近各方面有在鍛鍊，所以至少可以抓著斧乃木一起移動。

省下交通費真是幫了我一個大忙。

不過，移動完就突然就看到臥煙小姐獨自在等，看來這場「面試」不是斧乃木當場獨斷這麼想，而是早就做好事前準備。但我不知道會合地點為什麼是現代藝術美術館前面。

回到正題，臥煙伊豆湖小姐。

無所不知的大姊姊。

忍野先生的學姊、貝木先生的學姊、影縫小姐的學姊——記得是這樣沒錯，不過坦白說，看起來年紀比他們三人小。大概是因為比高大的三人矮，身上又是尺寸大一號的服裝打扮吧？

像是故意讓自己看起來比實際年齡小。

記得忍野先生肯定超過三十歲，不過身為他學姊兼長官的這位臥煙小姐，看起來像是二十幾歲，而且不到二十五歲。

或許她天生就是娃娃臉，另一方面，我覺得這份「年輕」或許和斧乃木之前所說「智慧的詛咒」有關。總之，冒失的分析就此打住。

畢竟在這個場合，是我先被她打分數才對。

不過……

「請不要叫我『小千』……那是我以前的綽號。」

我只要求這一點。

「啊哈哈，想起往事了嗎？迷戀曆哥哥的那段往事。」

她笑咪咪挖我的舊傷口。有點像是月火。

但是和月火的不同點，在於這個人應該是知道卻故意這麼做。

是明知故犯吧。雙重意義的明知故犯。

……我個人認為並非明知故犯的月火比較惡質。

「那就叫妳『撫妹』吧。」

看她第二次沒給我選擇的餘地，臥煙小姐似乎是一開始就決定這麼叫我，第一次的是幌子。對話內容是預先規劃好的。

撫妹？

「妳就叫我『臥煙小姐』吧。叫叫看啊？請吧？不用害羞。」

「臥……臥煙小姐。」

「好，這麼一來我們就是朋友了。拋棄過去的芥蒂和樂相處吧。」

瞬間就承認我是朋友。

居然說要拋棄過去的芥蒂……可是我和這個人之間的芥蒂，肯定多到在這裡說不完。

我是自願當個家裡蹲，不會刻意怪到別人身上，不過大半的原因……即使不到大半，也有兩成的原因來自這位總管。

不對，哎，彼此彼此吧。

因為站在斧乃木的角度，我也將臥煙小姐的計畫搞砸，而且害得臥煙小姐和學弟絕交。

這一切她都爽快地既往不咎，真是灑脫——灑脫到只讓我覺得圖謀不軌。

「事不宜遲，我最好的朋友，可以幫我一個忙嗎？妳的優秀能力得到影縫打包票，個性得到余接掛保證，所以如今我沒要測試妳。妳就大放光彩吧。」

說得像是幹練的偶像製作人……不提影縫小姐，不知道斧乃木是對我哪方面的個性掛保證。

不過那孩子從剛才就不見蹤影。

「啊哈哈，上次罵她罵得有點過火。明明沒下令禁止接近我，她卻變得不肯接近我了。我可不喜歡被別人討厭。不過她原本明明不是那麼親人的式神，撫妹卻讓她那麼黏妳，光是這樣就很了不起喔。希望務必能借妳的才能一用。當然會有謝禮喔，有付出就有收穫。」

「謝……謝禮是指……」

我有好好說話嗎？

明明天生就不擅長交談，加上長期窩在家裡，所以「和初次見面的對象交談」這個行為本身就很新奇……而且不同於以瀏海隱藏視線的那時候，臥煙小姐筆直看著我，所以我也沒有逃避的方法。

「妳正在煩惱住的地方吧？我來安排吧。基於職業特性，我在不動產業界的朋友很多，應該幫得上忙。」

「職業特性」這四個字令我在意。

說到臥煙小姐的職業，當然是專家吧——妖魔鬼怪的權威。

「我朋友在這個縣內擁有二十棟以上的集合住宅，無須隱瞞，這棟建築物也是他經營的公寓M所以我才叫余接帶妳來這裡。」

臥煙小姐笑咪咪說完，指著現代藝術美術館。咦？公寓？不是現代藝術美術館嗎？

我不由得多看了一次。

這就是首都的感覺……！

「難……難道說，您要介紹我住進這裡？」

「不不不，不是這樣。這棟公寓雖然看起來怪怪的，裡面卻是非常氣派的住家，以撫妹現在的收入，還付不起這裡的房租。」

我鬆了口氣。

雖然也有房租問題，不過這棟建築物不像是有遵守建築基本法，我目前完全不想住進這裡。即使將來成為銷量百萬的作家也不想。

「然後，關於這棟超乎常理的公寓，我朋友現在有一個小小的煩惱……」

臥煙小姐說著「要小心中暑喔」取下斜戴在頭上的棒球帽，就這麼戴在我的短髮上。

真會討人歡心。

「……麻煩妳盡快幫忙解決吧。到時候，我朋友名下比較合乎常理的公寓，我肯定可以幫忙協調廉價租給妳。」

004

雖然剛才說沒要測試我，但我認為這完全是一場測試。千石撫子明明是家裡蹲，為什麼會接連持續面對各方面的條件與考驗？

問題所在的這一戶，感覺住戶剛搬走不久。原來如此，進來一看就覺得臥煙小姐說得沒錯，內裝是正常的公寓。

不是現代藝術，應該說是設計師公寓吧……這裡相較之下好像也是其中特別豪華的一戶，不過把我進屋之前從臥煙小姐那裡聽到的隱情加進來細細品嘗，這間空屋就出現另一種滋味。

聽說在這一戶，連續有三名住戶上吊。

……原來如此，能不能當成取材確實得看我自己。要是我這時候怕得逃走就無法取材，也沒辦法一石二鳥吧。

一旦投石造成風波就完了。我必須重新下定決心才行。

我為了餬口而選擇的兼職工作現場，是怪異奇譚的世界，當然會遭遇到恐怖的現場。

畢竟是試用期，這種程度還算客氣了。因為雖說有人上吊，但目前還沒有出人命。

臥煙小姐真的是徹底為我著想耶……如此心想的我仰望挑高的天花板。吊燈掛在天花板下方，然後聽說那三人都是掛在吊燈下方。

幸好三人各自被家人或同居人發現，沒有釀成大禍……不過重點在於三人連續上吊。

最初住在裡面的A家Alfa上吊，後來入住的B家Bravo上吊，接下來入住的C家Charlie上吊。經過這些事件，現在這一戶是空屋。

這三家都是在家裡其中一人上吊之後立刻搬走，彷彿要逃離某個東西。

嗯。

「某人上吊」是可能發生的事情。

即使不是自殺聖地，也可能湊巧有別人接著做出相同的事情……不過三人連續這麼做就奇妙了。

奇妙，而且奇怪。

而且，雖然目前沒出人命，但是不保證「下次」也是如此……實際上，聽說第三人在鬼門關前走了一遭，甚至有段時間陷入心肺功能停止的狀態……

「差點就成為凶宅了。入住這一戶的人接連自殺未遂成功，所以傷透腦筋的屋主找專家商量這件事。」

「自殺未遂成功」這種說法很奇怪……不過入住的人接連企圖上吊，確實是靈異現象。

這裡是詛咒之家。

力有未逮……應該說才剛把單腳踏入專家世界的我，處理這種攸關人命的工作感覺還太早，而且我也真的向臥煙小姐這麼說過。說我不想為了自己的夢想而誤傷旁人或是暴露在危險之中。

「撫妹真是個聰明的孩子。展現反省的態度是一件好事喔。不過，我也不是想把麻煩的工作硬推給朋友。」

但您曾經把我硬推上神明寶座……不對不對，我不會這麼說。因為那絕對不是臥煙小姐心目中的理想圖。

臥煙小姐這麼說。

「正因為覺得這個事件適合撫妹，我才會拜託妳。我對妳這個未成年新手懷抱期待。不適當的委託暗藏著適當的理由。」

遲鈍的我就算聽她這麼說也摸不著頭緒，不過聽完具體的理由就覺得「確實如此」而接受。

如前面所述，Alfa、Bravo 與 Charlie 三人在吊燈上吊……只是湊巧住在同一戶，毫無關係的這三人，卻存在著某個共通點。

以繩子、毛巾或電線上吊的結果，即使勉強撿回一條命，頸部也當然會清楚留下一圈痕跡。

然而他們的痕跡，是看似鱗片的瘢痕。

宛如被蛇纏附。

005

「蛇切繩……撫公，這對妳來說是懷念又厭惡的回憶吧？」

臥煙小姐只把該說的說完就離開問題所在的那一戶，所以至今不知道躲在哪裡的斧乃木忽然現身。

身手矯健得像是疾風穿越原野……她常將這種身手用在迴避自己不擅長面對的上司就是了。

不過，她說的一點都沒錯。

蛇切繩。

懷念又厭惡。

昔日纏附在我身體的怪異。以我的狀況不只是頸部，而是環繞全身。

被看不見的蛇五花大綁。

全身都是鱗片的痕跡。

「說得也是。我回想起來了，妳雙手遮胸只穿燈籠褲的模樣。」

「斧乃木小妹，那時候妳還不在吧？」

我一邊這麼說，一邊坐在問題房間的一角，拿出素描簿與鉛筆。我接下來要做的事，是畫出掛著吊燈的這個房間全貌。

仰角的構圖。

「話說回來，總覺得恍如隔世耶。如今就算說到燈籠褲也完全沒人懂。現在連漫畫裡也完全看不到了。」

「所以早期就開始進行保護活動的神原小姐是對的。」

這種有趣的回憶，我可以會心一笑回想起來，但是關於蛇切繩就辦不到。

當時真的是即使沒命也不奇怪。

仔細想想，我的人生就是在那時候出現一百八十度的轉變……歷經各種事情之後，當時詛咒我的那些「朋友」，我已經不想特別責備……但我還無法笑著重提這些往事。

還無法好好說出口。

「哇～～不只是人物，妳連背景都可以徒手畫得這麼好啊，了不起。」

斧乃木看向我的素描簿。我原本不擅長在別人的注視下畫畫，不過找來粗枝大葉的月火幫忙之後，我就習慣了。

在這個場合，我是把房間當成主角畫畫，所以說成「背景」是錯的，不過以漫畫來說是背景。

「總之我想先把詛咒的房間畫成圖……如果有蛇，或許可以藉由作畫看出一些端倪。」

就算要我幫忙解決問題，我也滿頭霧水不知道該從哪裡著手，所以決定先發揮我的專長……若問不去上學的我有什麼一技之長，頂多就是畫技吧。

「詛咒的房間啊……我不久之前才體驗過喔。和鬼哥哥一起體驗。當時我從容克服難關，不過那個戀童癖差點沒命。」

「那個……斧乃木小妹？不必刻意在我面前說那個人的壞話沒關係啊？妳也要好好珍惜和那邊的友情喔。」

「居然說『那個人』，妳果然還是放不下吧？」

「這是用詞上的毛皮。」

「所以妳才會被吹毛求疵喔。」

正確來說是用詞上的毛病。

回到正題。

「說明一下讓我當參考吧。妳體驗過的『詛咒房間』是什麼感覺？是怎麼從容克服的？」

「當時那個房間各處的衣物襲擊我。問我怎麼克服……我只能說是把各處破壞掉。連『例外較多之規則』都用了一次，把天花板打穿。」

「沒辦法當成參考……」

我學不來。

我的身體不會膨脹。

「這可不一定吧？畢竟妳現在是發育期。以我的獨眼來看，妳的胸部每天都在膨脹。」

「妳在以獨眼看哪裡啊？我的身高也有長高喔。」

「真是太好了，逐漸脫離鬼哥哥的好球帶。不過，我可以理解當年對妳下咒的朋友心情喔。明明吃一大堆甜食又沒什麼運動，肚子卻完全沒膨脹。」

不好意思。

我好像是這種體質。

不過聽說神原小姐是更極端的類型，如果沒有刻意多吃就會一直瘦下去。

「那是因為神原駿河的運動量非比尋常吧？就算這麼說，但妳反而也不會瘦到變成皮包骨……真是殘酷。妳居然完全不需要這種天賦。感覺像是看到由衷相信『有錢不是萬能』的有錢人。」

即使對這個有錢人說「那麼請給我錢」，他應該也不會給吧，只會說他相信「有錢不是萬能」所以不需要錢。

「這就難說了。我覺得確實有人的體型或體質適合成為運動員，不過想到可能有某些得牌選手因為擁有這種天賦而沒能成為漫畫家，那就引人深思了。」

順帶一提，我沒有運動細胞。

不過如果是畫畫，要我畫幾個小時都沒問題。

「無論如何，現在的我和當時一樣，幾乎沒有自衛能力……要是在這一瞬間被蛇切繩襲擊，妳會保護我嗎？」

「我就是為此位於這裡。」

這句回答充滿男子氣概。

我差點愛上斧乃木。

「即使這裡是蛇窩，我也不會讓妳掛在吊燈下。」

真可靠。

如果是蛇神大人那時候，蛇切繩這種怪異反倒像是眷屬……但即使是工作，我也不想再度嘗受那種苦悶。

我還沒培養出專業意識。

頂多只是消除了受害者意識。

如果早點告訴我，我就可以預先準備當時用在儀式的那個護身符……護身符就這麼沒能還給忍野先生，所以應該還在家裡。在家裡的某處。大概是衣櫃吧。不過護身符好像有期限，不知道是否還有效果……

「如果說要重現儀式，妳也別穿著那種老土的運動服，換成學校泳裝或是禮服比較好吧？」

「我已經長大，好歹知道當時是被神原小姐騙了。就算穿老土的運動服也沒關係吧？反正在體育課的時候……」

「都是坐著不動。真虧妳敢這麼說。」

手有在動喔～

總之用來掌握房間全貌的速寫即將告一段落……寬敞空蕩，附閣樓的房間。沒家具所以很好畫……但是以素描來說略顯不足。

如果有窗簾，我就可以展現一些技巧，但是連窗簾也沒有……我就發揮僅有的能耐，至少表現出窗戶玻璃的透明感吧。

雖然還有其他房間，不過三人都是在這間吊燈房上吊，所以按照步驟應該先清查這裡。

「之所以集中在這個房間上吊，或許是因為其他房間的天花板高度不足以用來上吊。」

「……姑且問一下，他們三人各自有自殺的理由嗎？比方說遺書……」

「沒有。三人都覺得活在世間美好無比，歌頌著春風得意的人生顛峰。」

「春風得意的人生顛峰」應該是斧乃木以自己的風格刻意誇飾……不過看來三人都沒留下遺書之類的東西。

「不只如此，三人都不知道自己為什麼上吊而歪脖納悶。歪著留下鱗片痕跡的脖子納悶。」

「……他們有自覺是被詛咒嗎？」

「也沒有。問什麼都是沒有。一副『我清廉到不可能招人記恨』的態度。」

斧乃木該不會只對我溫柔吧？

對於或許是被蛇切繩詛咒而上吊的那些人，她毫無意義表現嚴厲的一面。不過既然他們沒有自覺，就和我的情形不盡相同。

「只不過，這些住戶都在發生上吊事件之後立刻搬走，看來他們或許察覺到某些端倪。啊啊，不過記得我那個時候，看我不順眼的朋友直接對我說『我對你下咒了』。嘻嘻，就這麼對我說了～～」

「妳現在不就笑著說出來了嗎？神經變大條了。當時如果妳做得出這種反應……下場應該會更慘吧。」

「好，完成了。」

素描完畢。

雖然只像是草稿，但是應該不必描線吧……應該說我沒帶相關工具過來。

我自己覺得成品不差，不過始終是以平面的圖畫來說……不符合現狀的主要目的，我的手也沒擅自在素描簿畫出蛇。

即使成功表現出窗戶玻璃的透明感，這張圖卻沒有透明的蛇。嗯……

畢竟我還在研修……正在修行。

我也不認為突然就能認一切順利進行……不知道是我的畫技不足還是蛇躲得很高名，第一個方法基本上失敗了。

很好很好。

「失敗了還說『很好很好』，撫公妳的毅力挺不錯的，我服了妳。那麼第二個方法要怎麼做？」

「總之模仿受害者，試著在那盞吊燈上吊吧。」

「『例外較多之規──』」

「這應該不是用來吐槽的招式吧！」

我開玩笑的！

我才不會跟著別人自殺，何況還是不認識的人！

「這可不能以玩笑話帶過喔。因為自殺聖地可能因為許多人死亡，化為引誘尋死的能量景點。實際上，詛咒的受害正從第一人、第二人到第三人慢慢膨脹。和妳的胸部一樣。」

「妳的比喻真柔軟耶。」

「因為是引用胸部啊。」

感謝她貼心使用不會嚇到我的形容方式，但我還是笑不出來……我也是花樣年華的女生，不討厭這種胸部笑話就是了。總歸來說，如果有第四個住在這個房間的人上吊，這次真的會有生命危險。

命……喪失生命。應該說吊失生命。

「即使沒死，大腦缺氧達到一定時間也會出現後遺症。該怎麼說……如同反覆練習就會愈畫愈好，這條蛇切繩反覆下咒之後，愈來愈擅長讓住戶上吊。」

「也就是一定要阻止第四人受害吧。不過即使沒要真的上吊，以我當成蛇的誘餌，我覺得可行。」

「當成讓蛇纏附的誘餌？為什麼？」

「妳想想，我曾經被蛇切繩詛咒一次，我想應該有抗性了。算是免疫嗎？」

「妳不知道什麼是過敏性休克嗎？」

聽說這是蜜蜂造成的，蛇毒也有這種症狀嗎？不過蛇切繩的毒對吸血鬼也有效……

「總之，委託人希望在出人命之前解決，所以妳要照做。將妳自己暴露在生命危險的做法不予考慮。」

「是～～」

那麼，就來想第三個方法吧。

我暫時將素描簿翻到下一頁。

006

A家（住了三年）

父（Alfa）母（發現者）

女兒

用毛巾上吊。

B家（住了兩個月）

男友（發現者）女友（Bravo）

用電線上吊。

C家（住了三週）
父母（Charlie）
兒子（發現者）
用麻繩上吊。

007

在素描簿的第二頁，我像是平常在進行漫畫角色的設定那樣，簡單條列目前已知的情報。我這個見習生沒有權限知道當事人的隱私，所以臥煙小姐告訴我的情報幾乎都是有和沒有一樣。

不過即使已經知道，像這樣寫下來再加上簡單的插圖，也會重新明顯感受到某些東西。

身為「過來人」的我，可以實際想像Alfa、Bravo與Charlie被蛇切繩勒頸的時候多麼痛苦，不過光是這樣的認知還不夠……我沒好好想過受害者親屬，尤其是發現者的心情。

特別是C家……兒子發現母親上吊前去搭救時，不知道是什麼心情。基於保護隱私的觀點，臥煙小姐沒將住戶年齡告訴我，但如果目擊者是小學生，這應該會成為一輩子的心理創傷。

即使是國高中生也不好受吧。

「我最近也開始希望爸媽死一死，不過那孩子已經連這種理所當然的想法都不會有了吧。」

「希望爸媽死一死，這可不是理所當然的想法……總之，回顧妳至今受到的對待，光是沒說要殺掉他們就還算健全吧。撫公，恭喜妳進入叛逆期。」

我很難算是接受過適當的倫理教育，但是為了這個孩子，我重新下定決心不能讓下一個悲劇發生。總之，資料只寫到「兒子」，說不定是比我大很多的三十幾歲兒子，即使如此，經歷過家人上吊還能平心接受的人可不多。

「不過，老實說，我想要每個案件的更多資訊。我是新人，又曾經闖下各種禍，所以理解臥煙小姐不信任我，即使如此，我又不是要求要看戶口名簿。像是忍野先生，聽說他會很不客氣追根究柢問出委託人的隱情耶？」

「那始終是忍野哥哥的做法。我的姊姊完全不會聽別人說話。臥煙小姐則是不用問就已經知道。」

「這樣啊……」

「也有一種手法是明明知道卻故意無視。一旦聽過別人的隱情，只是因為同情而無法正確處理的話還算好，也有一些案例是就這麼被捲入事件變成當事人。如果想避免捉鬼反被鬼捉走，大膽行事是比較安全的做法。」

「擁有靈能力的人，在能量景點反而很難發揮……類似這樣嗎？」

「就是這種感覺。盡可能想蒐集情報的這種做法，是無論在任何時候、面對任何對手都能維持中立的忍野哥哥才能走的王道。鬼哥哥就是因為想模仿才老是失敗。」

既然妳覺得會失敗，先告訴那個人不是很好嗎……不過，那個人確實容易被隱情或是情感影響。

「妳想成為哪種類型的專家？預先訂下這種目標也很重要。順帶一提，像這樣一邊在筆記本一邊思考，是貝木哥哥的類型。」

「是嗎？」

「他長得那麼不祥，卻有繪畫天分喔。」

我覺得不祥和畫技無關就是了……不過原來如此？所以我也可以認定那位騙徒先生當時是對我的夢想表示理解之意嗎？說不定他十幾歲的時候立志要成為漫畫家……」

「這種想法很恐怖，所以我沒問過貝木哥哥這個問題，不過或許出乎意料是這麼回事。擬定詐騙的計畫，說穿了就是在編寫故事。勤於取材，發揮想像力，準備登場角色的臺詞，畫出構圖……他騙妳的時候也大致是這種感覺吧？」

「說得也是……那個人……將我……」

一瞬間，我差點不小心懷念回憶那段往事，不過仔細想想，我被蛇切繩勒住全身的原因，正是那位騙徒先生造成的。

事到如今，我不想計較這筆舊帳，不過這麼一來，我腦袋掠過一絲疑惑。這個蛇窩該不會也是貝木先生的騙局吧……？

「有可能。這是很好的著眼點。」

斧乃木沒擁護他耶。

明明都叫他「哥哥」。

「妳也曾經差點殺掉稱為『哥哥』並且崇拜的人吧？包括曆哥哥以及貝木哥哥。」

「我不曾把貝木先生叫做『哥哥』吧……？」

「不過，那個騙徒是騙徒，不是殺人魔……應該不會做出這種純粹咒殺別人的行為。」

也對。

即使讓住戶上吊，也得不到半毛錢。為了保險金而殺人（未遂）的可能性，感覺比自殺來得低。

「好像也有自殺也會給付的保險金，不過住在這個房間的住戶明明毫無關聯卻連續三人自殺，確實有問題。」

「連續三人……」

為數不多的情報之中確實有這一項。

我不知道詳細的期間，不過三家分別住了三年、兩個月、三週。雖然不知道這個房間什麼時候化為蛇窩，但是感覺從住進來到上吊的期間愈來愈短。

即使是A家，詛咒也可能一天就完成，所以沒辦法斷言，不過應該可以成為詛咒隨著次數逐漸熟練的佐證。

第四次可能會出人命……

想到我這種人的塗鴉會攸關別人生死，我的手就在發抖……不是武士出征之前的那種發抖。不過實際上，斧乃木就是為了防止我出差錯而待在這裡，即使這樣還不行，臥煙小姐應該也早就準備好補救措施……不過依賴他們也不太對。

既然自己上吊看看的做法被禁止，我就只能依照臥煙小姐的暗示，對照自己是受害者那時候的經驗，推測蛇窩的構造。

蛇道是蛇最知道。

別回顧王道，而是回顧以前的蛇道吧。

是的，首先是騙徒貝木先生來到我住的城鎮，將詛咒——將魔咒賣給我以前的朋友。

「咦？但我記得那東西沒有效果吧？因為因為魔咒本身是騙術。那麼貝木先生在這個事件不就沒有嫌疑嗎？」

「這是很好的著眼點。」

這孩子說出和剛才一樣的話。就像是小心不亂給提示的考官

我還以為會演變成和貝木先生重逢而覺得掃興，不過既然那個人沒介入，老實說，這樣比較好。

他的頭銜是騙徒，所以這個願望應該無法實現，即使如此，我還是希望曾經照顧我的人別做太多壞事。

我在素描簿補上「貝木先生＝無關」這句話（旁邊畫上貝木先生的圖），翻回第一頁。

「嗯，怎麼了？要重畫？」

「不是，我想補畫。即使沒有真的上吊，畫出我上吊的樣子應該沒關係吧？這麼做或許可以發現某些端倪。」

「這是很好的著眼點。」

妳不用給我提示沒關係，麻煩增加臺詞的多樣性好嗎？

「不過，要畫就畫我吧。以妳的畫技，要是畫出妳上吊的模樣，恐怕會變成詛咒。從這一點來看，我早就已經死了，所以不會因為上吊就死掉。」

「……這是很好的著眼點。」

　我不太想畫朋友上吊的圖……不過就算這麼說，要是畫毫無關係的局外人就真的會成為詛咒，所以這時候就照斧乃木的話來做吧。

　只要以這種消沉的心情畫畫，上吊應該不會成真……要是因為我消極作畫使得看不見的蛇從圖裡現身，那就是正中下懷了。

「『上吊』然後正中『下懷』嗎？這副對聯真妙。」

「這不是對聯吧？」

「所以妳用來釣出上吊蛇的餌不是活餌，是假餌。我可以提出要求嗎？要畫出痛苦掙扎的表情，還在的那顆眼睛要突出眼窩。這會當成動畫版的版權圖。」

「這張版權圖會害得動畫化計畫中止喔。」

　雖然會失去臨場感，但我決定將上吊的斧乃木畫成閉著眼睛的安詳表情。安詳到看不出來是否死掉……不對，她是屍體，所以當然死掉了。

　不提表情（面無表情），我已經從所有角度畫過斧乃木的各種姿勢約一百萬次，畫到可以將資料輸入3D印表機的程度，所以隨手就畫得出她掛在半空中的樣子。真的是閉著眼睛也能畫。而且長版連身裙比之前的燈籠長裙好畫很多。

　我一邊畫一邊思考。

　我當時體驗的蛇切繩，真要說的話是處於失控狀態……透過北白蛇神社這個髒東西聚集地，我讓原本沒效果的詛咒靈驗了。

我不認為 Alfa、Bravo、Charlie 三位會連續重蹈我這個愚蠢的覆轍……換句話說，這個房間發動的是正統的蛇切繩詛咒，我想到這裡還是很好奇原因。

「A家以前的住戶呢？Z家的 Zulu 沒上吊吧？」

「嗯，之前的住戶以及更早之前的住戶，聽說都是順利平安搬走的。」

「這樣啊……」

從這棟公寓的設計看不出屋齡，我以為A家是這個房間最初的住戶，所以聽斧乃木這麼回答之後感到意外。

換句話說，這個房間分成「有蛇窩」與「沒蛇窩」兩個時期……唔？那麼是A家的 Alfa 做過令蛇憎恨的事情？這個詛咒留在房間，接下來入住的B家、C家也受到詛咒……不，這個假設乍看有說服力，卻沒能說明詛咒的速度為何階段性地加快。

若以公正客觀的角度只分析現在發生的事，感覺B家受到的詛咒比A家強，C家受到的詛咒比B家強……等一下？

反過來說，為什麼 Alfa、Bravo 與 Charlie 以外的人們沒上吊？既然思考過孩子發現家長上吊會受到多大的打擊，就應該同時謹慎思考為什麼不是由家長發現孩子上吊。

如果這裡真的是詛咒的房間，真的有蛇窩，那麼應該不會刻意挑選對象。暫且不提入住的是一家人還是同居情侶，受害者的屬性分別是「父親」、「女友」與「母親」，這也令我抱持些許疑問而感到鬱悶。

詛咒的動機與其說是「誰都好」更像是「刻意分散」，我對此覺得怪怪的。但我在網路上看過一個都市傳說。音樂播放軟體的「隨機播放」聽起來是隨機，實際上是故意分散曲目順序……

「這是很好的著眼點。不過妳說『在網路上看過』，光是這樣就可能會被質疑可信度，為了避免這種非預期的後果，妳最好換一個說法，說妳是『在網路上確認過』。」

喔喔喔。

真棒的修改。

突然變得像是ＩＴ部門了。

「如果想增加說服力，最好說成『雖然正確程度不明，不過對複數情報來源進行資料探勘的結果，這是現階段可以推測的事實』。」

「好厲害……雖然很厲害，但也只是上網查資料罷了……」

「半信半疑的傳聞正是怪異奇譚的出處，所以雖然可信度不是必備條件，但是如果這個房間真的是被詛咒的蛇窩，那麼全家人或是情侶雙方沒有一起上吊確實異常。」

斧乃木用到「異常」這個詞，聽起來像是希望所有人上吊……不過既然上吊失敗是因為有人發現，那麼發現的人為什麼沒在詛咒的房間受到詛咒？

詛咒只限於每一戶的第一人嗎？又不是超市的特賣會……

「……好，完成了。命名是『上吊女童』。繩子是畫成最基本的尼龍繩。」

「畫出來就發現比想像的還嚇人。安詳的表情真的像是死掉。不過我確實早就死掉了……尼龍繩是最基本的嗎？使用日用品讓印象更加恐怖……我姑且確認一下，這並不是對我有什麼惡意吧？」

「沒有沒有沒有有沒有。我很喜歡斧乃木喔。」

斧乃木瞬間展露敏感的一面，我慌張安撫。剛才不小心發揮畫技了。我自以為沒什麼動力，不過一旦開始畫，我的慣用手果然會擅自動起來。

「如果我做錯什麼要好好告訴我喔，我會改。」

「就說什麼都沒有了。我對斧乃木只有愛。」

到了這種程度，與其說她黏我，不如說她纏著我，就像是蛇纏附在這個房間……真的有纏附嗎？

《上吊女童》的完成度令我滿意，卻依然沒像是靈異照片那樣映出看不見的蛇。

看來我的第四個方法也是揮棒落空。

不是三振，是四振。

說到什麼都沒有，毫無線索到這種程度，我總覺得不是普通的巧合……正因為不是詛咒，所以從專家的角度才會零星看見不自然的疑點吧？

　各自的上吊沒有關聯性，如果參考沒透露給我知道的各人隱情，將上吊的三人各自獨立解釋為自殺案件，這樣會有幾個不自然的疑點？感覺至少可以說明為何沒演變成全家集體自殺。

「三名受害者共通的頸部鱗片痕跡呢？」

「啊，對喔，有這麼一回事。不過也可能是看錯吧？覺得是這樣，所以看起來也是這樣……就像是羅夏克墨漬測驗。」

　我一邊這麼說，一邊也覺得這是自私的想法。我這種冒失鬼或許有可能，不過既然臥煙小姐這樣的大人物參與辦案，很難想像會犯下這種初步的錯誤。

　另一方面，這個案件和蛇切繩有關的直接證據，確實只有三人脖子的痕跡。

　如果是我住的城鎮就算了，畢竟山上供奉著北白蛇神社，但我實在不認為這種首都到處都會有蛇出沒。

「這是妳這個抓蛇名人的直覺，當然足以信任。」

「我並不是要抱怨臥煙小姐拿這個案件測試我，不過這會不會是一個壞心眼的謎題？」

「壞心眼的謎題？」

「說不定根本不是怪異現象，這才是正確答案。學校的考試也有『從①到④選出所有正確的選項』，實際上①到④都是錯誤選項的這種陷阱題吧？」

「原來如此，聽妳這麼說就覺得很像是臥煙小姐會用的壞心眼手法。這是很好的著眼點。」

難道她想把這句話當成眼罩角色的口頭禪，才會執意重複一直說嗎……

那就不是什麼好的著眼點了。

「我絕對不是在閉重就輕，也不是要說新的口頭禪，剛才說到的這種眼力也是專家的必備工具。把一切都視為怪異現象不只危險，也是不負責的做法。」

忍野先生總是掛在嘴邊，「不該把一切都推到怪異的頭上」這句話，大概也隱含這種意義吧。

那我也不能草率判斷。

深入推敲出題者意圖的這種態度大概囂張又討人厭，但這攸關我的人生……要是在這裡答錯，我將會丟掉工作，被趕出家門流落街頭。

和答對的結果有著天壤之別。

……說什麼為了避免出現更多受害者，或是考慮到發現者的心理創傷，即使說得煞有其事，到頭來我的原動力終究是想確保畢業後有地方住的私利私慾，我想到這裡就不禁沮喪。

「這樣就好，因為妳已經不是神明了。簡稱鬼哥的鬼哥哥那種別無二心的無私奉獻確實了不起，但是如果所有人都像他那樣就麻煩了。總歸來說，鬼哥就是因為那種態度而被臥煙小姐判定不合格。」

「那個人沒合格啊。」

「目前沒合格。等到大學畢業的時候，那種犧牲奉獻的精神應該也會變得成熟一點。不過鬼哥才應該先離家獨立吧。」

「說得真好。」

這麼一來，我就比較方便住進阿良良木家……慢著，這是開玩笑的。

「所以妳任性一點沒關係的。可以解讀臥煙小姐的意圖，也可以不去推敲臥煙小姐的意圖。雖然要求妳按照委託人的意向去做，不過極端來說連這個也不必理會。」

「這……這應該說得太過火了吧……」

我不必別人多說就明白，不肯上學又想離家的我，現階段就已經相當意氣用事，即使如此，屋主希望「不要出人命」的人道意向，我終究不能無視。

「人道是吧……我不否認包括這一點，不過從屋主的立場考量就未必只有這個原因，所以我覺得不必在意。」

「嗯？什麼意思？」

「妳覺得是什麼意思？」

為什麼我要和斧乃木進行這種像是情侶的互動……而且我飾演男方。要對她壁咚一下嗎？不過是朽繩先生的版本。

「現在是我在問問題，妳聽不懂嗎？啊啊？」

……我這種說法是家暴。

我的天啊。

「要是房間出人命，公寓的屋主會很頭痛的。因為會變成凶宅。」

斧乃木說。

凶宅……啊啊，記得一開始就提過這一點了。要是上吊的受害者死亡，就會變成凶宅……

「妳知道什麼是凶宅嗎？」

妳太小看千石撫子了吧？

即使是一無所知的我也知道喔。

不限於自殺，有人離奇死亡的房子，無論是公寓還是獨棟，無論是要出租還是賣掉，都有告知的義務對吧？必須附上但書一五一十說明這裡發生過什麼樣的事件，所以房仲不好處理……

當然沒有義務告知這個房間是蛇窩，不過如果有人以奇怪的形式死亡，屋主無論如何都必須記載這個事實。

不，總之，我不認為屋主只基於「不想出人命」這個理由就委託專家臥煙小姐解決問題，不過這是商業交易，當然也有這種單純的得失計算吧。

「換句話說，A家的Alfa即使上吊也還是獲救，所以B家的情侶毫不知情就入住，同樣的，B家的Bravo上吊之後也撿回一條命，所以C家的一家人毫不知情就入住……過程是這樣沒錯吧？」

「沒錯。如果Alfa喪命，或許就沒有後續的悲劇。」

她說得好無情。不過確實如此，如果告知先前的住戶自殺成功，那對情侶或那一家人是否會入住就很難說……即使這個房間是這棟設計師公寓最好的房間，就算不知道是蛇窩，要是有人自殺的消息傳出去……傳出去？

「…………」

「嗯？怎麼了，撫公？瞧妳和以前一樣低著頭。妳現在沒瀏海，所以完全沒遮住臉啊？是見識到自己對人類的理解多麼膚淺而覺得丟臉嗎？」

「不，不是那樣……原來我早就見識到自己對人類的理解多麼膚淺了。」

比起理解的膚淺程度，不知不覺見識到這種驚人的事情更令我受到打擊，但是這部分先放到一旁。

「我可能知道凶手了。下蛇咒的真凶。」

「喔？所以詛咒確實存在，不是臥煙小姐的壞心眼謎題是吧。告訴我吧，凶手是誰？」

雖然一如往常語無情感，斧乃木卻像是深感興趣般打岔。

「這是壞心眼的謎題喔。不對……可能是壞到骨子裡。」

然後，我這麼回答。

「犯人是——我。」

「……啊啊，是見怪不怪的那種結局嗎？」

「別說這是見怪不怪的結局。」

008

接下來是後續，應該說這次的結尾。

凶手是我。

雖然這麼說，卻不是ＢＬＡＣＫ羽川小姐、苛虎先生或是忍野扇先生那種見怪不怪的真相，更不是朽繩先生的版本。啊啊？和四個撫子的對決已經徹底結束了吧？

即使如此，凶手依然是我。

更正確來說，凶手是我，是你，是他，是她，是人們，是全體人類。不，我絕對不是在運用誇張的修辭要偏移論點。即使是現在，這個世界也有許多生命在戰爭中消失，解決這種小房間的事件又有什麼意義……這種話我不會說。

我想說的是，食衣住這三項正是所有人類共通的基本需求。說巧不巧，成為斧乃木離開阿良良木家契機的那個事件，使得我有機會考察這個問題，尤其是關於「衣」的部分……不過本次事件尤其是關於「住」的部分。

明明不是借住，卻和斧乃木一樣會被趕出家門的我，像這樣從事專家的工作是基於私利私慾，也就是為了有房子住，然而並不是只要能遮風避雨就好。

當然有一些不能讓步的最低條件，即使會被批判奢侈，也想實現某些願望。總不能要我為了追逐夢想住在八十年屋齡無法上鎖也沒浴室的兩坪多雅房……如同斧乃木先前的嚴厲指摘，我即使是合租公寓的共同生活也吃不消吧。

實際上是如此。

我不奢求將來成為熱門漫畫家住進城堡，但還是想住進一個舒適的家。可惜千石家目前不是這樣的家，但是這部分暫且不提。

在這種慾望與預算中間找到妥協點是理想的結果，但是實際上總是希望「房租再低一點該有多好」。即使奇蹟般找到妥當的房子，可能在聯絡的時候已經有人確定入住。

如同我期待能把價錢談得更低，心想「房租再低一點該有多好」的人可能位於某處，或者是各處都有……即使找到理想的房子，也會像我一樣失望喪氣吧。

不過……

如果這個人和我不一樣，沒在這時候放棄呢？

如果這個人想到讓滿意的房子調降房租的方法，或是使用了讓這間房子變成空屋的手段呢？

……有義務註明曾經有人離奇死亡，也就是俗稱「凶宅」的房子，也會有一些人樂意想住。原因在於很多人對這種房子敬而遠之，房東大多必須調降房租。

所以反過來說，即使是原本遙不可及的理想房子，只要使其變成凶宅就會降價。

「雖然放了蛇切繩，但這裡不是蛇窩。雖然被詛咒，卻不是受害者招怨。只不過，有人想要讓這個房間成為靈異場所，希望這個房間有人離奇死亡。」

和屋主抱持相反意向的某人，居然為了「這種事」利用了蛇切繩的詛咒。

如同現代藝術美術館的外觀，稱不上是我喜歡的類型，但我必須承認內部裝潢的水準很高，若有人說這是搶手物件也可以認同。如果有人無論如何都想住進來，我也不會覺得奇怪吧。

只會覺得噁心。

這樣也可以說明為什麼每一家都只有一人上吊。因為只要有一人離奇死亡就夠了。

為了讓怪異奇譚誕生，也需要目擊者。

幸好這些嘗試至今全部失敗……然而詛咒手法隨著次數的累積逐漸熟練，而且經過長達數個月以上的連續三次失敗，為了增加母數，下次可能會乾脆做出讓全家上吊的粗暴行徑。

如果沒阻止，將會持續到有人喪命。

正因為不是靈異場所，所以不斷將蛇送進去，直到那個房間成為靈異場所。

「嗯，我接受撫妹的見解。至於這個見解是否正確，大姊姊我對此的感想就暫且不提，那麼，詛咒無辜住戶的這個恐怖犯人，妳要怎麼應付？想得出對策才首度算是專家喔。」

我結結巴巴回報以上的事情之後，臥煙小姐這麼說。不同於在我提出答案之後又開出全新過關條件的父母，這算是一種正當的考驗吧。

既然提出問題點，那也必須提出解決方案。我想想……

「犯人是想入住的人，所以在A家搬走之後，還有B家搬走之後，應該都會去問房東或是房仲吧……詢問房租是否調降到錢包可以妥協的理想價格。」

我不認為這樣反推就可以鎖定單一嫌犯，但還是可以大幅縮減嫌犯人數吧。

或許會花一些工夫，不過接下來只要逐一和名單上的嫌犯面談……真凶大概認為自己膽大包天的犯行不可能被發現，所以只要好好追問就會立刻說溜嘴吧。

「嗯嗯，基本上就是這麼做吧，給妳及格分。雖然很難說妳將其他合理的疑點全部排除，但妳很重視素描簿沒出現任何一條蛇的原因，我希望妳好好把持這份自信，所以特別優惠算妳通過考驗吧。我來嘉獎妳一下，很好很好。」

我的頭被撫摸了。因為是撫子。

我不太喜歡別人摸我頭髮……但是不知為何，這時候的我雖然難為情，卻不覺得抗拒。

臥煙小姐這麼輕易就收攏人心，大概因為她是總管，也是前輩吧。

「我會將妳說的轉達給委託人屋主。肯定一下子就能找到符合的人選吧……不過，想入住的這個人應該不是下咒的罪魁禍首。」

「咦？是這樣嗎？」

「也就是說，想入住的這個人和屋主一樣是委託外人——委託外部專家進行這個殘酷的詛咒。不然的話，明明無冤無仇卻詛咒別人的這種荒唐行為，正常人是做不到的。」

「那……那麼……真正的幕後黑手……難道是貝木先生？」

「不。正如妳的推敲，如果是那個不肖學弟，那麼房內設置的蛇切繩將會是假的。不是用玩具蛇嚇人的手法，而是將真正毒蛇扔進一般家庭的這種邪法，應該不是騙徒的招數，而是和消除他人煩惱的專家完全相反，只求滿足他人慾望的『洗人』幹的好事。」

「洗人……」

我好像在哪裡聽過這兩個字，在我試著回憶是在哪裡聽過時，臥煙小姐語氣變得鄭重。

「任何人都有慾望，這種事本身不該受到譴責。不過，實現這種慾望的蛇一定得接受譴責。撫妹，按照約定，我會安排妳畢業之後的住所……條件開高一點應該也沒問題，妳就忠於自己的慾望吧。大姊姊我雖然有一家之言卻一言九鼎。只不過，既然這個事件還沒完全解決，就要麻煩妳多陪我一下喔。」

她這麼說。

「願意接下除蛇的工作嗎？不是尋找蛇窩，而是尋找蛇的大本營，抓住裡面的蛇老大。希望妳幫我這個忙。」

「如果我做得到的話……」

請讓我做。

我居然立刻答應——居然主動要求了。我甚至不敢相信這是我自己的聲音。之所以這麼積極，果然是因為我自己有某種想法吧。

是因為我對自己有某種想法吧。

過於自我本位，不顧他人困擾的這個詛咒，任何人都會看出其中的動機在我身上吧——犯人是我。

咒人又被咒的千石撫子，或許終於迎來挑戰的時候了。

挑戰那些人正在挑戰，更勝於以往的那個傢伙。

正因如此，所以昔日從不太想正視事實的我那裡厚臉皮接下委託，大本營裡的那隻蛇老大——「洗人」，我絕對不能假裝視而不見。

「請說吧，臥煙小姐。我要做什麼？」

「很不錯的心態。放心，大姊姊我不會讓嬌憐的撫妹過度操勞。在笑容不絕的職場環境，我要請妳做的是輕鬆的簡單工作。首先妳什麼都別問，去找以前對妳下咒的朋友重溫舊好吧。」

「喔喔……」

哇，好輕鬆喔～和表演雜技一樣輕鬆耶～

雖然不知道是為了什麼原因要這麼做，不過既然這樣，總之……先去神原小姐那裡借扮裝用的衣物，為自己再度被下咒的時候做準備吧。

To蛇 or not to蛇。

是生存之蛇，還是毀滅之蛇！

後記

關於「創作者與創作物是兩回事」的論點，贊成與反對兩派總是爭執不下，但如果單純按照邏輯思考，至少創作者與創造物不可能完全一樣或是完美一致，正確的說法應該是「創作物是創作者的一部分」。不過說來奇怪，這一部分凌駕於全體的例子是存在的，而且還很多，也可以說是創作的神髓。大概是「創作者是創作物的一部分」這種感覺吧？即使無疑是組成的要素，比例以及應盡的職責也不盡相同。這麼一來，如果創作者說出「這個創作物是以完全不同於大綱的形式完成」這種感想，要說這等同於失敗作也不盡然，即使創作失敗，也不一定算是失敗作吧。若問「原本不打算這麼做」這種藉口套用在創造物究竟可以適用到何種程度，應該可以徵得各種不同的意見，不過成品比當初的計畫更好或是更差的機率應該差不多吧。當然，無論變得更好還是更差，這都是自己的一部分，因此創作者的成就感或許完全無法滿足，但是正因為指出這一點，所以創作者與創作物確實是兩回事吧。孩子沒有父母依然會長大。

雖然和以上的考察完全無關，不過本書原本的概要是阿良良木與斧乃木利用大一暑假前往魔界冒險的故事。這是在大綱階段的設定，一旦開始撰寫，並且像現在這樣寫完之後，就發現內容變得不太一樣，但我個人沒有任何不滿。想到如果一開始就縝密擬定計畫或許不會變成這樣，我反倒比較害怕這種結果。後半千石撫子的劇情線也是以斧乃木為搭檔，結果出乎意料寫成從頭到尾都是屍體人偶的一集，不過只限於我的狀況來說，從來沒有一本小說是按照計畫寫成的。就算這樣如此，下一本小說好像是第一百本？光是持續寫到現在就已經出乎意料，所以只能說真的很慶幸沒照著計畫走。就這樣，本書是以百分百興趣寫成的九十九神——《余物語》的《第四話　余接．夥伴》以及《第五話　余接．陰影》。

如各位所見，封面是斧乃木余接新服裝的版本。VOFAN老師，謝謝您。總覺得她上封面的機率名列前茅，不知何時完全成為主要角色了。第怪季即將進入後半，接下來的三集也請多指教。漫無計畫的計畫，希望各位陪我走下去。

西尾維新

作者介紹

西尾維新 (NISIO ISIN)

1981 年出生，以第 23 屆梅菲斯特獎得獎作品《斬首循環》開始的《戲言》系列於 2005 年完結，近期作品有《結物語》、《人類最強的悸動》、《掟上今日子的內封面》等等。

Illustration

VOFAN

1980 年出生，代表作品為詩畫集《Colorful Dreams》系列，在臺灣版《電玩通》擔任封面繪製。2005 年冬季由《FAUST Vol.6》在日本出道，2006 年起為本作品《物語》系列繪製封面與插圖。

譯者

哈泥蛙

專職譯者。譯作有《物語》系列、《十二大戰對十二大戰》等等。

書盒子
余物語
（原名：余物語）

作者／西尾維新　插畫／VOFAN　譯者／張鈞堯
榮譽發行人／黃鎮隆
執行長／陳君平　國際版權／黃令歡、梁名儀
協理／洪琇菁　美術主編／陳聖義
執行編輯／呂尚燁
企劃宣傳／楊玉如、洪國瑋、施語宸
出版／城邦文化事業股份有限公司　尖端出版
台北市中山區民生東路二段一四一號十樓
電話：（〇二）二五〇〇七六〇〇　傳真：（〇二）二五〇〇二六八三
E-mail：7novels@mail2.spp.com.tw
發行／英屬蓋曼群島商家庭傳媒股份有限公司城邦分公司　尖端出版
台北市中山區民生東路二段一四一號十樓
電話：（〇二）二五〇〇—七六〇〇（代表號）
傳真：（〇二）二五〇〇—一九七九
中部以北經銷／楨彥有限公司
電話：（〇二）八九一九—三三六九
傳真：（〇二）八九一四—五五二四
雲嘉經銷／智豐圖書股份有限公司　嘉義公司
電話：（〇五）二三三—三八五二
傳真：（〇五）二三三—三八六三
南部經銷／智豐圖書股份有限公司　高雄公司
電話：（〇七）三七三—〇〇七九
傳真：（〇七）三七三—〇〇八七
一代匯集／香港九龍旺角塘尾道六十四號龍駒企業大廈十樓B&D室
電話：（八五二）二七八三—八一〇二
傳真：（八五二）二七八二—一五二九
馬新經銷／城邦（馬新）出版集團　Cite(M)Sdn Bhd.
E-mail：Cite@cite.com.my
法律顧問／王子文律師　元禾法律事務所
台北市羅斯福路三段三十七號十五樓
二〇二二年四月一版一刷

■中文版■

郵購注意事項：
1. 填妥劃撥單資料：帳號：50003021戶名：英屬蓋曼群島商家庭傳媒(股)公司城邦分公司。2. 通信欄內註明訂購書名與冊數。3. 劃撥金額低於500元，請加附掛號郵資50元。如劃撥日起 10～14日，仍未收到書時，請洽劃撥組。劃撥專線TEL：(03) 312-4212 ・ FAX：(03) 322-4621。E-mail：marketing@spp.com.tw

國家圖書館出版品預行編目資料

余物語 / 西尾維新 著 ; 哈泥蛙譯 . --初版.
--臺北市：尖端出版, 2022.04
面 ; 公分.--(書盒子)
譯自: 余物語
ISBN 978-626-316-668-4(平裝)

861.57 111001833